目次

contents

おねだりブルマ　美少女ハーレム撮影会

第一章　少女たちのエッチな願望

「最近たくさんシフトに入れてもらえるから助かります」

主婦パートの石城《いしき》が弁当を食べ終えてから言った。三十五歳の美人だが、弁当屋のリーダーを張れる程度に野暮《やぼ》ったさもある。

「去年、みんなが頑張ってくれたおかげで利益が出たんだけど、税金もずいぶんかかってね。同じ売り上げなら、パートさんたちに働いてもらって還元したほうがいいと思って」

パソコンから目を上げ、伊藤《いとう》省吾《しょうご》は答えた。助かるわ、と石城はお茶を飲みながら繰り返した。

「そろそろ休憩は終わりですね？　次は西田《にしだ》さんと交代かな」

「西田さんは今日は短いから休憩はありません。私だけ。店長、あとはゆっくり事務仕事しててください」

　そう言うと、石城はバックヤードからお店の裏口に向かった。バックヤードはお店の裏口から十メートルと離れていない。

　省吾の従姉《いとこ》の千恵《ちえ》が、ここにお店を開業したのは二年前だった。店舗の土地オーナーが裏手の倉庫も所有しており、そこも同時に借りてバックヤードにしていた。資材倉庫兼、休憩室、そこにデスクとパソコンも置いて省吾の仮事務所としていた。

（前年対比は出てるな。人件費は少しオーバー……よし、理想的だ）

　パソコンのディスプレイに表れている損益分析表は、ネットのフリー素材を参考にした自作だ。従姉の経営する弁当屋やコーヒーショップ四店舗すべての経理関係を、省吾が管理している。細かな行政仕事や税関係はプロに任せているが、できる範囲で経費扱いを増やし、表に現れる純利益が少なく見えるようにしなければならない。前年度は油断して利益が大きく出てしまい、税金が高くついてしまった。

「ただいまぁ！」

　小学生の少女二人が騒々《そうぞう》しくバックヤードに入ってきた。

　いつものことだったが、学校帰りに直接来たらしく白いブラウス、紺の吊りスカート、赤いランドセルに黄色い学帽と、近くの小学校の制服のままだ。

おかえり、と省吾はチラリと顔を上げて言う。

「先にお母さんたちにあいさつしてきな。これも立派な寄り道なんだぞ」

「いま言ってきた！　省吾の邪魔しちゃダメよ、って言われちゃった」

石城美鈴《みすず》が快活《かいかつ》に答えた。さっきまでここで休憩していたパートの石城の娘だ。

卵型の綺麗な顔立ちにロングの黒髪がよく似合っている。六年生で身体もすくすく成長しており、小学校の制服がそろそろ不釣り合いになっている。笑うと目がへの字になるような愛嬌のある美少女だが、顔や身体のつくりはここ一年ほどで大人の階段を半歩だけ登ったようで、化粧を覚えればぐんと大人の雰囲気になるだろう。

「うふふ、寄り道って感覚じゃないよね。ここの匂い嗅《か》いだら、家に帰ったみたいで安心するもん」

西田花音《かのん》もロングの髪の先を指で触れながら含み笑いを漏《も》らす。彼女もいま働いているパートさんの娘だ。

赤いランドセルを下ろし、従業員用の私服掛けのフックに勝手に掛けた。これもいつものことだ。こちらは五年生で、美鈴よりも少し背が低いのは二年前から変わらない。丸顔だが、やわらかく尖《とが》った顎と長い黒髪でやはり卵型に見える。大人を見つめるとき、顎を引いて笑う癖があるので、省吾はいつも無理なお願いを言われそうな居心地の悪さを覚えていた。

花音は事務所の隅の旧型の扇風機にしゃがみ、スイッチを入れた。そしてブレードの前に立ち、スカートをめくって中に風を送った。

「やめろよ、はしたない。またお母さんに怒られるぞ」

「んふふ、スカートの中、たいへん気持ちがよろしくてよ」

花音はときどき妙なセレブ言葉を使う。

「はしたない、なんてずいぶん古くさい形容詞だね」

学校の国語の授業で習ったのか、美鈴がそんな言い方をした。

「省吾、こんなとこでサボっててていいの？」

パソコンを覗き込む省吾に頭を近づけて美鈴が訊《き》いた。口の悪さと遠慮のなさがまだ小学生というべきか。あるいは美鈴の地なのか。

二年前の四年生のとき、新人のオープンパートだった母親に連れられて遊びに来たころから、美鈴は省吾を呼び捨てにしていた。「店長」「省吾さん」などと呼んだのは、それこそ最初の一週間もなかったように思う。母親の石城がヒヤヒヤしながらいつも注意するのだが、本人にやめるつもりはないらしい。

花音も反対側から省吾に頭を近づけてきた。二人ともパソコンのディスプレイを覗くのが目的ではない。省吾は左右のどちらにも頭を動かせなかった。

「サボっているように見えるか？」

仕事をしているようなジェスチャーを示すつもりで、省吾は前年の昨対比を意味もなくスクロールした。

「うん、あたしたちが来るのをウズウズしながら待ってたようにしか見えない」

花音が小憎らしい言い方をする。

「今日はどの店もパートさんが足りてるんだ。僕はこのお店のお昼をちょっと手伝っただけで、午後からは事務の仕事が少し残ってるだけ」

左右の少女たちの頭から、ほんのり花の香りが漂っていた。整髪剤か制汗剤を覚えたのだろうか。

んふふ、と花音が含み笑いを漏らす。なにかよけいなことを言ったか？

「じゃあ、省吾さんの家に行きたい」

「行きたい、行きたい。高校生とか大学生のバイトさんたちがいないと、やっぱり退屈だもん」

二年前、四年生と三年生でお店のマスコットデビューしたときから、美鈴と花音はバイトの男女学生たちに可愛がられていた。それなりに楽しい思い出のあるここだが、二人だけだと面白みがないということか。

「僕の家に行っても遊ぶものなんかなんにもないぞ」

何度か家に来ているが、いちおう牽制《けんせい》しておく。

「ゴロッと横になれるじゃん」

美鈴が身もフタもない無遠慮を口にした。笑うと頬がふくらみ、への字になるまなざしと相まって愛らしいのだが、男児でも女児でもなかった二年前と比べると、体形にははっきりと変化が出ていた。小学校の制服の上からでも、丸まった小さな肩とくびれたウェスト、ふんわりしたお尻と、長くて形のいいふとももが見て取れる。

「そー、省吾さんの家にないのは、ゲームと漫画とお布団だけ」

お布団というのは自分たちの寝る分という意味か。美鈴の陰で目立たないが、花音もパートをしている親のいないところでは遠慮がない。美鈴よりマシなのは、省吾をさん付けするぐらいだ。笑う前に唇をちょっと突き出す、いわゆるアヒル口になるのも愛らしい。口の右側に小さなホクロがあるのもご愛敬《あいきょう》だった。

二人を連れて店の裏口から入った。主婦パートの石城と西田は、お昼のピークを終え、夕方に備《そな》えて備品の洗浄や食材の仕込みをしていた。

「石城さん、西田さん、この子たち、ちょっと僕の家に連れていきます」

「あら、お邪魔じゃないんですか？　お仕事中じゃなかったの」

「大丈夫です。急ぎの仕事じゃないから。コイツらに逆《さか》恨みされたらコワいし」

「いつもすみません。ハメを外したら気にせず怒ってください」

石城も西田もそれほど遠慮しない。最初こそ恐縮していたが、たびたびあるので親たちのほうも慣れっこになったのか。

近くのコインパーキングに向かった。ここも同じ土地のオーナーで、好意でずいぶんな量の割引券をもらっている。省吾の家は歩いても数分の距離だが、家に置いたお店の備品の移動のほか、最近はついラクを覚えてしまっている。

「んふ、せっかくだからドライブとか行きたいな」

「残念でした。あたし、五時から塾なの。美鈴だけ行かせないんだから」

ひとつ学年差があるが、美鈴と花音は最初から互いにタメ口で、名前を呼び捨てにし合っていた。

「早く乗れ。僕の家まで三分ほどの、夢のようなドライブだ」

省吾の従姉の伊藤千恵から連絡があったのは三年ほど前だった。

離婚を機に独立して法人を立ち上げ、飲食店を開業したいという。

当時の省吾は大学を卒業して不動産屋のチェーンに勤める一年目の社員であり、アドバイスを求めてきたのだ。

あれこれ相談に乗るうち、引きずられるかたちで省吾も不動産屋を辞め、千恵の設立した法人の役員になった。

千恵はフランチャイズの飲食二社から許諾《きょだく》を受け、二年余りの間に四店舗を開業した。大学で経営を学んでいた省吾はお店の経理を一手に引き受け、書類上の副社長になり、第一号店である弁当屋の店長も兼ねていた。

千恵は他の三店舗にもそれぞれ店長を立て、自分は社長兼スーパーバイザーとして店舗を巡回し、空いた時間に優良物件を探し回る毎日だった。


「ただいま!」

省吾の家に着くと、二人はお店のときと同じ声を出した。

ニヤニヤと美鈴が笑った。

「花音、わたしたち、ぜーたく者だね。省吾の家とママたちのお店、ただいまって言えるところが家以外に二つもあるんだよ」

勝手に別邸扱いされているのか。

省吾の家は建売りの一軒家だ。独り者の所帯《しょたい》として大きすぎるが、不動産屋で得た知識と、千恵のお店の収益で一年前に購入したのだ。最初は転売目的だったのだが、お店からの行き来が便利なので、いつの間にか荷物が増えてしまった。

「先に手を洗って、うがいしてきな」

「はあい。ってか、家でもここでも言われることはおんなじだね」

二人の少女はドタドタと廊下を進んで洗面台に行った。

ちょっと不思議な感慨に囚《とら》われた。自分が将来結婚して子供ができたら、こんなふうににぎやかになるのだろうか。三階建ての建売りだが、家に帰れば翌朝出ていくまで誰とも口を利《き》くことがない。事実、最近少女たちが来るようになってから、帰ってしまったあと、説明しにくい寂寥《せきりょう》感を覚えることがあった。

「省吾、この本、なに？」

戻ってきた美鈴が、省吾のデスクの上の分厚い本に目をつけた。

「ユニフォームのカタログだよ。千恵さんと相談したんだ。弁当屋とかコーヒーショップとか形態はまちまちだけど、どのフランチャイズ本部も規制が緩いからね。いっそ僕たちの四店舗で、統一ユニフォームにしないかって」

「へえ、面白そう。見ていい？」

言い終える前に、すでにカタログのページをめくっていた。

パン屋やサンドイッチショップのおしゃれでカジュアルなもの、フランス厨房風の白いユニフォーム、割烹着《かっぽうぎ》や居酒屋の忍者のようなものが乗っている。

「どれもおいしそうなもの、つくってくれそうだよね」

美鈴がよだれを垂らしそうな顔で言う。こんなしまらない笑みも可愛らしい。

最後のほうのページに少しだけ載《の》っているユニフォームを見て、花音は声をあげた。

「これ！　省吾さん、うちもこんなユニフォームにしませんこと？」

花音が反応したのは、メイド服だった。そうしたお店にも卸《おろ》してますよ、というアピールにすぎず、カタログメーカーが積極的に売ろうとしているものではないだろう。

事実、最後のほうの数ページだけなのだ。

「そんなもん、うちの弁当屋に合うと思うか？」

「えー、でも可愛いと思うけどな」

美鈴も援護射撃をする。

「着るのは従業員だぞ。君たちのお母さんが着たがると思うか？」

「うーん、さようでございますわね……」

「そうでなくても、昨今はセクハラのなんのとうるさいんだ。使えるか、こんなもん」

　省吾の頭の後ろで、花音が片手を口に添え「サッコンってなに？」と美鈴に聞いていた。

「省吾、ここで宿題してていい？」

　ちょっと飽きたのか、美鈴が訊いてきた。

「いいよ。デスクもテーブルもないけど」

「いい。寝転がってやるから」

「あたしはもうちょっとこれを見てる」

　未練があるのか、花音はカタログを持ったまま部屋の壁に向かった。

　急ぎのない事務仕事をしようとパソコンを開いたが、省吾はこういう環境で集中できないタイプだった。少女たちが帰ってから取りかかることにしよう。

「省吾、ごめん、仕事中？」

「いいよ、なんだい？」

「宿題、教えて」

　美鈴はフローリングの上で腹ばいになり、上げた片脚をプラプラさせながら宿題をしていた。

「フローリングは冷たいだろ。お腹が冷えるぞ」

「うふ、そしたらあとでお腹ナデナデしてよ」

デリケートなリクエストを、それこそ宿題から顔も上げずにしてくる。

見ると花音は壁に背中をつけ、三角座りにしてカタログを広げていた。紺の吊りスカートの中の白いパンツが丸見えだった。膝を閉じていないので三角形にすらなっていない。

「あのさ、君たちも高学年なんだから、もうちょっと嗜《たしな》みを持つべきだと思うぞ。花音、パンツが丸見えだ」

二年前の四年生と三年生だったころから、スカートを穿《は》いているという意識が希薄だと思っていた。低学年ならともかく、二人とも、もう砂場の似合う子供ではない。

「省吾さん、美鈴の教科書の右のページを見て」

「ん？」

つい教科書に目を落とした瞬間、やられたと思った。

「んふ、こうしたら平気でしょ？　省吾さんが見なきゃいいんだもん」

腹の立つ言い方をしてから花音は付け加えた。

「べつに見てもいいけど」

少々わざとらしく咳払いすると、省吾は気を取り直していった。

「なあ、僕だからいいけど、ホントにほかの人のいる前であんまり油断しないほうがいいぞ。いろんな男の人がいるんだから」

美鈴が教科書から顔を起こし、一瞬だけ、三角座りの花音と目を合わせた。

「わたしたち、省吾だから油断してるんだと思う」

「ん？　どういうことだ？」

うふふ、と笑いながら美鈴は教科書を置き、うつぶせのまま両手でスカートの裾をつまんだ。小学校の制服の吊りスカートは一番大きなサイズのものだろう。しかし、六年生では見た目がかなりミニスカートに近くなる。ヒダヒダの縦じまの描く曲線が、お尻の丸みを鮮《あざ》やかに伝えていた。

「ほら、省吾だから、こんなことしても平気」

そう言って、スカートの裾をひょいとつまみ上げた。

くどいヒダの吊りスカートは意外なほど軽くめくれ上がり、白いパンツに包まれたお尻の大半が丸見えになった。

「こらこら、なにしてんだ」

いきなり目に入った光景に慌てたが、うまく子供を諭《さと》す口調で言えたと思う。

白いコットンのパンツで、股繰りに一センチほどの薄ピンクがデザインされている。おそらく腰回りもそうなのだろう。真新しいものではないようで、かすかにけば立っているようだ。

「あらら、美鈴さん、省吾さんたら、じっくりご覧になってらっしゃるわよ」

花音がからかうように、おかしなセレブ言葉で言う。

「んふふ、あたくしもやってみようかしら」

花音がスカートの上から膝の上に手を置き、そのままゆっくり膝を開いていった。白いパンツはクロッチを刻む横線とともに、緩い曲線のHの形になっていた。

「やめんか、二人とも。お母さんに言いつけるぞ」

美鈴はスカートを戻し、花音は足を閉じた。小学生にこれは利く。

「だって、最近お店に行っても、ちょっとつまんないんだもん」

「そう。お店の人たちで、もうあたしたちの相手をしてくださるのは、省吾さんしかいらっしゃらないんですもの」

強い違和感を覚えた。そんなはずはない。

「バイト君たち、よく遊んでくれてるじゃないか。きのうだって——」

「そうじゃなくて」

美鈴が遮《さえぎ》った。

「お店の裏で大縄跳びとかバドミントンはしてくれるんだけど、空中ブランコとかお馬さんとかしてくれなくなったんだもん」

開いた口がふさがらなかった。空中ブランコとは、二人で両手をつないで、軸足になる高校生がぐるぐる回り、遠心力で傘のように広がる遊びだ。お馬さんは、その名のとおり四つん這《ば》いになった高校生に馬乗りになり二人で競う遊びで、派生《はせい》としてロデオというのもある。

「あのなあ、当たり前だろ。君たちも六年と五年だ。重いんだよ。体力のある高校生や大学生でもシンドイんだぞ。危ないし」

それに、と省吾はややトーンを落として付け加えた。

「君たちも女の子なんだからさ。あいつらも異性の子供相手のスキンシップはそろそろ距離を置きたいんだよ」

「そんなもんなの？　わたしたち、ぜんぜんかまわないけど」

「低学年の子より、女性らしくなってるんだ。自覚しろ」

「んふふ、あたしたちが色っぽくなってるってこと？」

からかう気満々の口調で花音がまぜっかえした。よく見ると三角座りのまま、また白いパンツを見せている。

「バイトさんたち、最初はおんぶとか抱っことかもしてくれたのに」

「あたしなんて肩車もしてくれたわ」

そう言って花音は付け加える。

「なつかしゅうございますわ。ほほほ」

子供用のコットンパンツをチラつかせてなにが、ほほほ、だと思う。

「だからね、そんな遊びをしてくれそうなのは、もう省吾だけなの」

そう言って花音と目を合わせ、じつにワザとらしく「ねー」とハモッた。

「逆だろ。僕ぐらいの歳の男がそんな触れ方をしたら犯罪だ」

「あら、カイヒできる簡単な方法がございますわよ」

花音が顎を引き、口元を膝で隠していたずらっぽく言う。おかげでパンチラがすさまじい。

「お母さんに言うぞ、って言ったでしょ。それをしなければいいの」

「ハイ解決！　物事は突き詰めると単純なのよね」

美鈴が合いの手を入れたが、言い慣れないからか、突き詰めると、を微妙に噛んでいた。つかの間、六年生でそんな慣用句も学ぶのかと思った。

「で、君たちは僕におんぶや抱っこをねだってると？」

「肩車も」

「うふ、それ以上のこと、お願いするかも」

微妙なまなざしを省吾に向けていた。少なくとも二年前はこんな顔はしなかった。

「おんぶとか抱っことか肩車したら、どうしてもヘンなところに触ることになる。バイト高校生たちもそれを嫌がったんだ」

言葉を選びつつ、慎重に言った。

「わたしたちは気にしない、って言ってるのに？」

「ちょっと期待してるかも、って言ったらどうなるかな？　んふふ」

どうも最近、高学年になり、性的なことに関心を持っているようだ。少し前から感じていたことだった。

「期待してる、って、エッチなことか？」

直截的《ちょくせつ》に訊いてみた。少女たちは一瞬戸惑ったようだが、すぐに開き直ったように小学生らしくない笑みを浮かべた。

「ヒテーもコーテーもしませんわ」

花音が生意気な言い方をした。やはり言い慣れないらしく、イントネーションがおかしい。

「そんな言葉、どこで覚えたんだ？」

「テレビのドラマ」

美鈴が立ち上がった。

「省吾、抱っこ。わたしがこっちね」

省吾の左側に美鈴が来た。

「あたしはこっち。んふ、なんでか昔からそうだったよね」

「そういえばそうだったな。いつも美鈴が左で花音が右だった。自分たちでそのポジションに来てたんじゃないのか？」

「ちがうよ。省吾が私を見て手を広げるのがいつも左手だったの」

知らなかった。無自覚なままそんなふうにしていたのか。

「二人とも高学年だよ。二人いっぺんなんてできるの？」

さすがに自分たちの体重を気にしたらしい。

「大丈夫。二人合わせたって、七十キロもないだろ」

重い荷物の上げ下げのバイトをしたことがある。腰の大切さと、姿勢の重要さは心得ていた。

左右に立たせた少女たちの前で省吾はしゃがんだ。ヒダヒダの紺の吊りスカートに腕を回し、肘で挟むようにしっかりつかむ。背をまっすぐ伸ばしたまま、膝を使ってゆっくり立ち上がった。

「すごぉい！　なんか久しぶり、この感覚！」

「ほんと！　ねえ、省吾さんの頭、こんなに低かったっけ？　前は二人抱っこされたら、三人とも同じぐらいの頭の高さだったのに」

「当然だろ。君たちの背が伸びたんだから」

なるほど、とつぶやきながら、二人は子供なりに感慨にふけっていた。

省吾は別の不思議な感覚を覚えていた。

(コイツら、背が高くなってるのに、あんまり重くなった気がしない……？)

身長の伸びに比べて、そんなに重量感を覚えないのだ。

(お尻のやわらかさか？　前よりもふっくらして腕に優しいからか)

我ながら信憑《しんぴょう》性の高い仮説だったが、さすがに口にするのははばかられた。

「なんかお前たち、前よりもいい匂いがしてるな」

これぐらいはいいだろうと思って言った。バックヤードでも気づいたが、前は子供らしい甘い香りと、かすかな埃《ほこり》っぽい匂いだけだったのに、いまは双方から花のような香りがする。

「やぁだ、省吾のエッチ！」

「んふ、はずかしゅうございますわ」

微妙に責めているようだが、口調と表情からしてまんざらでもないようだ。

「お前たちの顔、こんなに近くで見るのも久しぶりだな」

美鈴は優しそうな目を細めて笑った。頬が可愛らしく膨らむが、成長とともに、こんな子供らしい愛らしさはなくなっていくのだろう。代わりに、凛《りん》とした女性らしい美しさを身に付けていくにちがいない。

「ふだんは上目遣いの花音に見おろされるのも妙な気分だよ」

花音は口をアヒルにしてにんまりと笑う。こちらは近い将来コケティッシュな魅力を武器にするかもしれない。口の端の小さなホクロもビューポイントだ。

「美人二人、文字どおり両手に花だな」

「うふふ、モテモテだね、省吾！」

「あたしたち、なんの花、省吾さん？」

「ハエトリ草とウツボカズラ」

左右から軽ーく頭をどやされた。不自然な体勢のまま、省吾は首をすくめる。

腰に注意し、ゆっくりと二人を下ろした。

「ね、今度は肩車！」

二年前の三年生のときそのままに、花音が両手を広げてねだってきた。踵《かかと》まで上げ下げしている。退行でも起こったのかと省吾はかすかに苦笑いした。

片膝をついてしゃがもうとすると、その前に花音が両脚を広げて言った。

「ほら、あたしのあいだに頭を入れて！」

制服の女子小学生が脚を広げ、そこに頭を突っ込む。さぞ犯罪的な光景だろうな、と省吾は思った。じっさい、小さな脚のあいだに頭を入れ、一瞬視界が暗くなったとき、経験のない変態行為に及んでいるような、ゾクゾクする禁忌《きんき》感を覚えた。

首の後ろに花音の股間が触れた。

「立ち上がるぞ。花音、背中をまっすぐ、しっかりバランスを取れ」

「私が手をつないでおくから」

横で美鈴が言った。

やはり腰の負担に注意を払いつつ、省吾はゆっくりと立ち上がった。

顔の両端から花音の華奢《きゃしゃ》なふとももが伸びている。二年前よりもぐっと形よく長くなり、白いソックスがずいぶん先に見える。

まっすぐ立ち上がった。横で美鈴が手を上げ、花音の手を握っている。

「なんか……二年前より怖い」

くすくす笑いながら、花音が言った。上から声が聞こえてくるのも久しぶりだ。

「だから、背が高くなったからだって」

「花音、ちゃんとつないでるから、天井に片手を伸ばせる？」

美鈴が言うと、後ろから首を挟むふとももの力がこもった。

「んー、なんかスカートが滑《すべ》りそうで怖い」

いきなり、首の後ろからズルズルと音が聞こえた。省吾の首と花音の股間を挟むスカートを、花音が引きずり上げたのだ。

いきなり視界がブラックアウトし、省吾は「わっ」と短い声をあげた。めくり上げられたスカートが、省吾の顔の前を覆《おお》ってきたのだ。

「んふふ、脚に省吾さんのほっぺたが当たってる」

小学五年生の生足が、ふたたび省吾の頬を両方から強く挟んできた。肌と肌の引っかかりで安定感が増したということか。

「ほら！　天井に手のひらがついたよ」

「こら、手が汚れるぞ」

経験したことのない姿勢で、省吾は花音に注意した。

（僕の首の後ろに、花音のパンツが直接当たってる……！）

二年前、花音が三年生だったころは、ついぞ考えたことがない思いがよぎった。四年生だった美鈴に肩車したときも思わなかった。それまではただの、「パートさんたちの騒々しい娘たち」でしかなかったのだ。

美しく成長しているのに、接し方が子供のままなのがタチが悪い。いや、と省吾は考え直す。

（たぶん、確信犯でやってる……性的なことに興味を持ちはじめてるみたいだし）

「省吾、感想はどう？」

美鈴が、なにやら含みのある訊き方をしてきた。

「なんにも見えない」

ソツのない返し方をしておく。女子小学生のスカートの裏地を間近に見る機会が、人生にどれぐらいあるだろう。

「んふふ、省吾さんのほっぺた、むにゅーってなってる」

言いながら、花音が左右からパフパフとふとももで省吾の頬を挟んできた。

「ねえ、省吾さん、もっとすげーこと、お願いしてもいいかしら？」

セレブキャラがぶれている。

「これ以上のどんなすげーことがあるんだよ」

「んふ、後ろを振り返ってくださるかしら？」

花音のふとももを外側から支えつつ、ゆっくり振り返ろうとした。

「ちがうの、そうじゃなくて」

「省吾、花音はそのままで、省吾だけ振り返るの」

一瞬、意味がわからなかった。わかったとたん、息を呑《の》んだ。そして、とぼけた。

「そんなことしたら、僕の息が詰まっちゃうぞ」

「いいじゃない、それぐらい」

怖い返し方をされてしまった。ちょっと頭を整理してから、省吾は言った。

「僕の顔の目の前に、花音のパンツが来ることになるけど」

いや、パンツ越しに花音の股間がしっかり顔に押し付けられるだろう。

わずかな沈黙。目の前のヒダヒダのスカートの裏地で美鈴の表情も見えない。

「省吾、見えないだろうけど、花音の顔、早くしろって、赤鬼みたいに怖い顔になってるよ」

首の上で、花音が失笑を漏らす気配があった。

「んふふ、怒ってないけど、かーなーりイライラしてるかも。んふふふ」

自分の返しに満足したのか、花音の含み笑いがとまらない。

「このことがママたちに知れたら、僕は警察に捕まっちゃうよ」

「しないよ、そんなこと。わたしたちだって、ママに怒られるもん」

省吾はゆっくり深呼吸した。そして両手を上げ、花音のわき腹をしっかり支えた。

「やん、くすぐったい」

「美鈴、しっかり花音の手を持っててくれ」

わき腹を持った腕を使い、自分の首を軸にして、頭上の花音をゆっくり時計回りに回していく。美鈴が手を持っているので、自分のほうが反対向きに身体を回す。

紺のスカートに包まれた仄暗《ほのぐら》いふとももがはっきり見え、やがて白いパンツが眼前に見えてきた。

「すごい、花音のお股に省吾の顔がばっちりくっついてる。花音、感想は？」

「……なんか、生あったかい。省吾さんが息してるから」

「省吾、やっぱり息するのやめて」

「殺す気か」

「あん、声出しちゃダメ。ブルブルする……」

聞いたことのない切ない花音の声が、頭上から聞こえてきた。

「うふふ、省吾の感想は？」

「なんとか息はできる」

できるだけ本筋と関係ないコメントを出しておく。

数センチほど前に、大股開きの格好の花音のパンツがあった。薄暗いが、この姿勢でも、大陰唇のふくらみがパンツを押し、ふっくらしているのがわかる。

「ね、これ、美鈴が手をつないでくれてるけど、やっぱりバランス悪いね」

「うふ、じゃあ、しっかり脚で省吾の顔を挟んだら？」

省吾の肩をふとももで歩くように、花音は片方ずつずらしながら前に進み出た。

「んむっ……！」

声が漏れてしまった。口と鼻に、花音の股間が押し付けられたのだ。

同時に、顔の両横が、花音のやわらかなふとももで強く挟まれた。

息は苦しいが、本当に窒息するほどではない。

（いつもの花音のやわらかい匂い……それに、パンツの繊維の匂いか。それと……）

ほんのりと、おしっこの匂いもした。朝から小用ぐらいはしているだろう。それだけではなかった。二十五歳の省吾も女性経験はある。当然クンニリングスもだ。

（女の人のアソコの匂いか。小学生の女の子でも、こんな匂いを出すんだ……）

「安定した？」

美鈴の声が聞こえた。とぼけたような笑みが浮かぶようだ。

「うん。んふふ、なんかね、冷たかったりあったかかったり」

スカート越しに、頭上から花音の声が聞こえた。

「省吾、ゆっくり息を吸って、吐いてみて。深呼吸」

スカートの外から美鈴が言った。命令とあれば仕方がない。

時間をかけて大きく息を吸った。女性と裸でベッドでいるときにしか嗅がない香りが肺いっぱいに入ってきた。そして吐いていくと、女性器特有の妖しい香りが顔の周りに漂いだした。

「あああ……あはっ、お股の周りが、生あったかい……」

頭の奥で警報が鳴った。女性がベッドの上でしか出してはいけない声のトーンだ。

「省吾、しっかり花音の手をつないでてね。びっくりしないでね」

「ん？　なんのこ――んああっ!?」

疑問の声は途中で悲鳴に代わった。一瞬、股間にいきなり強い快感が走ったのだ。

動揺して身体が揺れたが、とっさに上の花音をつかんだのでバランスは崩れない。

「なにしてんだ、美鈴！」

「えへへ、ごめん」

スカートの中から顔を出し、そのままゆっくり花音を降ろした。本当に他意はなく、手をスカートの中にいれてしまい、パンツ越しのお尻をしっかりつかんでしまった。

「どうだった、美鈴？」

「ん、ほんとにカチカチ」

短い応酬だったが、なんの話をしているのかはわかった。悔しさと恥ずかしさでバツが悪くなる。

「なんのお話かな？」

ワザとらしく優しい声で訊いてみた。

「……なんか、硬い棒が、入ってるみたいだった……」

珍しく歯切れ悪く、あいまいな笑みを浮かべて美鈴が答えた。

(花音の股間に顔をうずめて勃起した、それが、バレた……)

言い訳のしにくい状況に陥《おちい》ったことを自覚した。大人らしい牽制や叱責《しっせき》ができなくなる。

「花音とちょっとエッチなことしても、そんなことになるんだね」

美鈴は少し不思議そうだった。そして、次に不安そうな笑みになった。

「ねえ、わたしとそんなことしても、やっぱりそうなる?」

じつに答えにくい質問だ。ここは否定しても仕方がない。慎重に言葉を選ぶ。

「そりゃ、僕も心身ともに健康な男だからね。君たちも美人なんだ。男性の自然な生理として仕方ないだろ」

少し開き直りみたいになってしまった。可愛い、と言わずに「美人」と言ったのもミソだった。彼女たちからできれば「ロリコン」という言葉は聞きたくない。

「ふうん」

気のない返事を装《よそお》ったつもりだろうが、まんざらではない様子が美鈴の表情からわかった。

「あー、そろそろあたし、塾に行く用意しなきゃ」

花音が壁の時計を見ながら言った。無意識にか、少し腰を折ってヒダヒダのスカートの上から股間を押さえている。

「え? まだ時間あるじゃん」

名残《なごり》惜しそうだが、同時にちょっと「チャンス」みたいな表情も浮かんでいる。

「塾の宿題がまだだったの。帰って先にやらないと」

「送っていくよ」

「いいよ。お店よりも、ここからのほうが家に近いし。歩いて帰る」

言ってから美鈴を振り返り、上目遣いに笑みを浮かべてアヒル口を強調した。

「省吾さんとエッチなことする気でしょ？」

身もフタもない牽制をしてきた。

「しないよ、そんなこと。わたしまだ、小学生だもん」

「ウソばっかり」

几帳面《きちょうめん》というか、花音は赤いランドセルを背負い、黄色い学帽を被った。

「省吾さん、ちょっと」

花音はひらひらと手を振ると、両手をメガホンにして声を潜《ひそ》めた。

なんだ、と腰を屈《かが》めて顔を寄せると、花音は省吾の頬に、チュッ、とキスをした。

「あー、花音！」

美鈴の非難に「んふふ」と笑みで返すと、

「また来まーす」

と、笑顔で手を振り玄関に走った。

戸口まで見送ると、花音は元気に出ていった。

「花音にチューされちまった」

「うふ、うれしいくせに」

横に並んだ美鈴が、肘でツンツンと突いてきた。この令和時代の小学生でも、こんな昭和な仕草をするのかと、つかの間意外に思った。

「花音のヤツ、ユニフォームのカタログに食いついてたな。あいつ、あんなのに興味あるのか？」

部屋に戻ると、エッチな肩車とはできるだけ関係のない話題を振った。

「んー、いろんな衣装に興味あるの。わたしもだけど。たとえば」

そう言って、思惑《おもわく》ありげに省吾を見上げて笑った。

「いろんな変わった衣装があるじゃない。さっきのメイド服みたいに、ちょっといやらしいのとか……」

いわゆるコスプレに興味があるということか？　それもきわどい系の？

「アニメの衣装とかか？」

「うーん、そうじゃなくて、もっとエッチなの……」

言いよどんだ。口にしにくいのではなく、例えを表す単語を知らないのか。

「いやらしい下着とか、透け透けのセーラー服とか、ミニスカートの看護師さんとか、きわどい水着とか?」

「そう! そういうヤツ。あとほら、黒いレオタードに網あみのタイツ穿いて、頭にウサギさんの耳をつけたヤツとか」

　バニーガールのことか? それこそえらい昭和だが……。

　ちょっと考えて、いけないプランが思い浮かんだ。

「美鈴と花音と僕だけの秘密にして、着るのはこの家だけという条件なら、買ってやってもいいぞ」

「ホント!?」

　六年生で背も高くスタイルもいいのに、「うれしい!」と踵を上げて喜んだ。浮かんでいる無垢《むく》な笑みも、まさに小学生のそれだ。

「どんなのがいい?」

「任せる。うふ、わたしたちに合うのを選んでね」

　違和感を口にした。

「でも、なんでだい? エッチなコスプレなんて、まだ君たちには早いだろ」

「ほら、漫画の雑誌なんて、最初に漫画と関係のない女の人の水着のグラビアとかあるじゃない。わたしたちも、いまのうちにいろんな写真を撮っておきたいの」

「もう少し大きくなってからでもいいんじゃないか？」

エッチな衣装を着て、写真を撮ることを前提にしているのかと驚く。

「だって、グラビアの若い女の人って、おっぱいも大きいんだけど、よく見たらお腹もちょっと出てる人、多いんだもん。あんなのイヤ」

「……ヘンなとこ見てるんだな」

令和時代の小学生というだけでなく、美鈴と花音はもともとちょっと変わった感性を持っているのかもしれない。

「じゃあ、裸と間違えるような、恥ずかしくて死にそうな衣装を選んでやるぞ」

「うふふ、たのしみ！　ありがと、省吾」

牽制のつもりだったが、強い期待が返ってきた。

わずかな沈黙のあと、省吾は訊いた。

「で、ここで一人でなにして遊ぶんだ？」

「うふ、肩車」

やっぱり。

「でもさ、肩車って危ないよね。さっきはわたしが花音と手をつないでたけど」

「ん？」

「だから、横に寝て肩車したら安全だと思うんだ」

「……………」

美鈴は省吾の反応を待たずに、「うふふ」と笑いながらフローリングの床に仰向けに寝た。なぜか両手もそろえて、気をつけをしている。

「このまま下から来て。肩車を横にするだけだよ。難しくないから」

どこか小馬鹿にした言い方だ。言われるまま、省吾は美鈴の足元に仰向けになった。

「そう、私が脚を開くから、省吾は頭を上げてきて」

肩車とは別種の禁忌感を覚えた。寝る姿勢なので、肩車のように子供の遊びに付き合っているという感覚が薄い。

身体を上にずらしていくと、左右に美鈴の白いソックスが見えてきた。それも終わり、剝《む》き出しの膝と太くなっていくふとももが見えてくる。

「ちょっ……おいおい」

美鈴がふとももを上げ、両脚で省吾の胸を抱いた。

「だって、肩車だよ。直角に九十度傾いてるだけで」

直角九十度など、数年前に算数で習っているのだろう。以前から思っていたが、美鈴は学校で習った言葉や概念を、すぐ実生活で応用したがる癖がある。

肩車と同じく、少し頭をもたげた省吾の首の後ろに、美鈴の股間の感触があった。

省吾は外側から腕を回し、美鈴のふとももを抱いた。

「肩車だから、こうしなきゃな」

なぜか言い訳くさい口調になってしまった。

(花音より脚が長い。それに弾力も……でもやっぱり、細いな)

妙齢《みょうれい》の女性を肩車したことなどないが、成人女性のふとももの感触はわかる。左右で自分の胸を縛るふとももは、どう考えても質量が足りなかった。通学用の白いソックスと相まって、小学生の少女だということが顔を見ないでもわかる。

「僕より背が高くなって遠くが見えるだろ」

つまらないアプローチをしてみたが、美鈴は黙ったままだった。

「どうした、反応がないぞ?」

「ん……ちょっとくすぐったい。省吾の髪の毛が、チクチクして……」

パンツの横の鼠蹊《そけい》部とふとももを、省吾の短めの後髪が刺激しているのか。

顎を上下に引き、頭を振ってやった。

「やぁん、ワシワシしないで……」

声にどこか湿っぽさが混ざっていた。四年生から知っている騒々しい女児だが、こんな切ないトーンの声は初めて聞いた。

「省吾、さっきの花音みたいに、反対向きになって……」

自分自身の意思を確認しながら、一語ずつ切るように、美鈴はゆっくり言った。

「……なあ、ものすごく危ないことをしてる自覚はあるか？　さっきも言ったけど、これは犯罪なんだ。たぶん、美鈴や花音が思ってるよりずっと重いんだぞ」

「法律なんて、難しいオジサンたちが考えたもんでしょ。わたしがイヤがったらあれだけど、これのどこにヒガイシャがいるのよ」

「…………」

二十五歳の自分が、小学六年生の女の子に論破《ろんぱ》されてしまった。いや、論破されても止めなければいけないのだが。

思春期前の無鉄砲さと無知ゆえか、あるいは美鈴と花音はちょっとアナーキストなところでもあるのだろうか。

「パンツ一枚を挟んで、美鈴の恥ずかしいところをハムハムするんだぞ？」

「さっき花音にもやってたし」

「僕も男だ。興奮してパンツも脱がしたくなるかもしれない」

「んー、ドキドキ！　うふふ」

小賢《こざか》しい牽制は効《き》きそうになかった。ただ、声の調子からやはり緊張しているのはわかった。

ゆっくりと腰から動かし、身体を半回転させた。

(白いパンツの向こうに、六年生の女の子の、オマ×コ……！)

二年前のデビュー以来、二人の少女は、少なくとも弁当屋のメンバーの前では、パンチラなど気にしていなかった。また、バイトたちや省吾も気にしたことがなかった。主婦パートの親たちがたまに注意する程度だった。

美鈴や花音のオマ×コ。心の中で言葉にするだけで強いタブー感を覚えた。

しかし肉付きはともかく、スタイルはすでに男児とは見間違えない流麗《りゅうれい》なラインを描いている。ボリュームはないがふとももは長く、ふくらはぎの形も美しい。

若すぎるが、「女性」として下着越しの性器を想像してしまう。

「ここに、顔をうずめることになってても？」

「だからそれ、花音にもしたんだって。だいたい肩車だよ。うずめてもらって、わたしがしっかり脚で省吾をつかまないと危ないの」

からかうような口調ながら、どこかイライラしている様子が声から窺《うかが》えた。

これだけの近さだと、白いパンツの股繰りのピンクの線がいやに太く見えた。当たり前だが、男児の白いブリーフの小用の穴はない。

（女子小学生のパンツをこんなに近くで見たの、初めてだよ……）

だが、いわゆる大人の女性のパンティとは、はっきりと印象がちがう。素材がコットンだからか。形状はビキニパンティに近いのだが。

男性器はないが、生意気にも女性らしい性器のふくらみはあった。

じつにゆっくりと、省吾は口を緩く開いて美鈴のパンツの股間に唇を触れさせた。

「やぁん……あん、あはっ」

なんとか笑おうとして失敗していた。美鈴のまだ細い声には、戸惑いと羞恥《しゅうち》と、疑いようのないおんなの悦びが、わかりやすく混ざっていた。

「感想はどうだ、美鈴？」

大人げない仕返しのつもりで、さっきの美鈴の質問を口にした。

「んんっ……なんか、くすぐったい。あはっ、ヘンなの」

とぼけようとして、やはり失敗している。

（美鈴のアソコ、ちょっと湿ってる……？）

自分の唾液ではない。パンツの奥から、じっとりとあたたかな汁が染み出ていた。

（小学生の女の子でも、こんなふうになるんだ。あの美鈴でも……）

みんなのマスコットだった小学生の少女に、パンツ越しにクンニリングス。やはり花音のときとは、禁忌感の深刻さがちがった。

パンツ越しに唇を強く性器に押し付け、口を軽く上下させてみた。

「あんっ、やぁん！　ああんっ……」

疑いようもない女性の嬌声《きょうせい》だった。よく知っている女子小学生にこんな声をあげさせていることに、省吾は禁忌感とは別に、どこか他人事《ひとごと》のような驚きを覚えた。

「美鈴、アソコの奥からエッチなお汁がにじみ出てるぞ」

ちょっと意地悪く口にした。

「省吾が悪い……」

拗《す》ねたような言い方が可愛らしく、また美鈴らしい。

顔を離し、パンツの股間のふくらみを手のひらで撫でた。あたたかく濡れた白いパンツのクロッチはやや半透明になったが、女性の入り口まで透けることはなかった。

(こんなにスタイルがよくなっても、まだアソコに毛は生えてないのか……)

ちょっと強めに撫でても、奥に恥毛のザリザリした感覚はなく、どこまでもなめらかだった。

ひと呼吸つくと、省吾は上半身を起こした。

（とんでもないことまでしてしまいそうだ……）

どうしても、母親である主婦パートの石城の顔が浮かぶ。

仕事を通じて信頼関係を築いているが、いましている行為は、それを容易に粉砕するだけでなく、きわめて重い犯罪なのだ。性に関わる行動は、分別も定かではない少女たちに合わせるべきではないのだ。

「さあ、そろそろやめよう。美鈴、外に出られないぐらいエッチな顔になってる」

激しい動きをしたわけではないのに、美鈴は息を荒げていた。

省吾の言葉に慌てたのか、赤く染まった頬に手を当て、苦笑いらしいものを浮かべている。膝を立ててから、わりと勢いよく立ち上がった。この動きの軽さはさすが小学生というべきか。

「うふふ、ドキドキしちゃった！」

吊りスカートの裾を両手で押さえ、お尻に回した。一瞬だけ、紺の制服スカートがミニのタイトスカートのようになる。

「気持ちよかっただろ？」

「くすぐったかったの！」

性的快感を覚えたと認めるのは、小学生には罪悪感の伴《ともな》う屈辱なのだろう。

「そろそろ、わたしも帰らなきゃ。そろばんの日じゃないけど、検定試験が近いから練習しないとママに怒られるの」

美鈴が時計を見て言う。

「何級？」

「準一級」

「そりゃ、たいしたもんだ。頑張ってくれ。習い事はいくつしてるんだ？　たしかピアノも習ってたよな」

「そろばんとピアノと水泳だよ。花音は塾とピアノとサッカー。ピアノは同じ教室なんだけど、おしゃべりするからって、先生に別々の曜日にされちゃったの」

ちくしょー、とうれしそうな顔で言う。

「送って帰ろうか？」

「いいよ。わたしも歩いて帰る」

「ここでどんな遊びをしたってママに言うんだ？」

「宿題させてもらった、って言えば、たぶんそれ以上訊いてこないよ。うふふ、心配してるの？　大丈夫、ママには言わないよ。花音もね」

質問に潜む懸念《けねん》に気づかれていて、かなりバツが悪い。

「じゃあ、省吾、エッチな衣装、お願いね。バイバイ！」

手を振る美鈴を見送り、玄関のドアを閉めた。


その一秒後に、スマホが鳴った。

『児島《こじま》先輩』とディスプレイに出た。

「はい、伊藤です」

『省吾か？　こないだのプラン、前向きに考えてくれたか？』

「待ってくださいよ。スケールが大きすぎて、僕みたいな小者にはちょっと……」

『いきなり共同経営者はビビるか？　最初は事業の協力者でもいいぞ。腹が括《くく》れたら飛び込んできたらいいじゃないか。それでどうだ？』

「はあ……」

省吾の不動産屋時代の先輩、児島栄一《えいいち》だった。

児島も不動産屋を退職していて、親の財力と自身の才覚を使って、大きなプロジェクトを企画しているという。それに省吾を誘っていたのだ。

児島はプランについて詳しい話をしてきた。

話を聞きながら、ちらりと、美鈴と花音も巻き込めないかと思った。

第二章　小悪魔ＪＳの甘い秘蜜

（何十億円のプロジェクト？　とても僕には……）

車を走らせながら、省吾はどう断ろうかと思案していた。

美鈴と花音が家に来て、少々不埒《ふらち》な遊びに付き合ってから三日が経っていた。

お店のシフトの都合をつけ、省吾は先輩の児島の事務所へ向かっていた。

目指すビルが見えてきた。児島所有のビルで、一階がレストラン、二階以上は賃貸のマンションになっている。最上階は全フロアを使って、独身の児島の住居兼事務所となっていた。

エントランスに入ると、一人の黒衣の少女が立っていた。

全身真っ黒に見えたが、濃紺のセーラー服だった。壁が薄ベージュの大理石なので、対照的に黒く見えたのだ。

黒い猫を抱いていて、えらくミステリアスに見える。濃紺のセーラー服に加え、長い脚を包んでいるのも黒いストッキングだった。全身を包む黒い装いに、色白の顔が映えていた。

「こんにちは、伊藤さん」

中学生の美少女に知り合いなどいない。いきなり名前を呼ばれて省吾は驚いた。

「えっと、ごめん。誰だっけ？」

省吾の問いに気を悪くしたふうもなく、美少女は口を横に広げて笑った。

「桃香《ももか》だよ。気づかなかった？」

省吾は見慣れない美少女の顔をまじまじと見つめた。

「えっ、えっ？　あの桃香ちゃん？」

「そう。佐々山《ささやま》桃香。ごぶさたしてます」

そう言って黒猫を抱きながら深々と頭を下げた。気づいてくれなかった省吾への皮肉がちょっと感じられた。

「桃香ちゃん、もう中学生だったんだ」

「ちがうよ。小六。これ、うちの学校の制服なんだ」

見おろすと、桃香の抱いている黒猫と目が合った。二つの光彩《こうさい》が妖しく光り、「そんなことも知らないのか」というように、にゃあ、と敵意剝き出しでうなった。

「……で、桃香ちゃんはここでなにを？」

「あー、ヒドイ、伊藤さんを待ってたのに」

ここでちょっと子供らしい非難の声を漏らした。ただし顔は笑っている。

「待ってた？　どうして」

「きのう、叔父さんから連絡が来たの。省吾が来るんだが寄るか、って」

叔父さんというのは先輩の児島のことだ。桃香は児島の姪に当たる。

猫を上品に撫でているさまが優雅だった。こんなキャラではなかったように思ったが……最後に会ったのは一年ちょっと前だろうか。

「そこまで気づかないほど、私変わったかな？　ほんとに忘れられたかと思った」

そう言って口を横に広げて笑った。猫目がちの大きな瞳が細くなる。この表情は前に見たショートカットの桃香と同じだ。

「前は髪が短かったし、私服だったし。セーラー服だから当然中学生だと思ったし。それに、かなり背も伸びたね」

「それ言われる。そろそろ止まってほしいけど」

二人でエレベータに乗った。狭いところに不満があるのか、黒猫が鳴いた。

「その猫は、桃香ちゃんの？　連れてきたのかい」

「ううん。叔父さんが拾ってきたんだって。さっき上の事務所から抱いてきたの」

「桃香ちゃんとキャラが似てそうな猫だな」

「んふふ、この子も私にすぐなついたわ」

「学校の制服ということは、寄り道してるってこと？」

「そう。叔父さんの事務所、私の通学の通り道にあるし」

以前からは想像しにくい美少女になった桃香を見て、狭いエレベータの中で感嘆の息を漏らした。

頭頂部からは艶《つや》やかな黒髪が長く背中に伸びていた。食が細いのか、痩せっぽちの印象だったが、いまはお尻も女性らしくふくらみはじめており、タイト気味の濃紺のセーラー服と相まって肩から流麗なラインを描いていた。

そういう仕様なのか、スカートがやや短く見えた。昭和の不良少女のように、桃香はワザとスカートを短くするような性格ではない。黒いストッキングも脚をより細く見せていた。靴まで黒い革靴だ。

(同じ六年生でも、美鈴とはちがうなあ……)

これまで接点がなかったため、同年齢という視点で美鈴と桃香、五年生の花音を比べたことはなかった。

エレベータが開くと、目の前に『株式会社　シティリゾート』とプレートの張られた扉。仰々《ぎょうぎょう》しい名前だが、社員は先輩の児島を含む数人だけだという。

「おう、来たか。入ってくれ」

インターフォンを鳴らして開けると、児島がじつに社長らしいデスクで待っていた。わきに応接室があり、ふつうに会社の役員室に見える。扉一つ隔てた向こうが、独身児島の住居なのだ。

勝手は知っているので、勧められる前に応接室のソファに腰掛けた。すぐ横に黒猫を抱いた桃香も座った。秘書のようだ。

「桃香ちゃん、きれいになってますね。最初気づきませんでしたよ」

「って言ってるよ。叔父さん、あたしをここで使ってくれる？」

「まだ子供だろうが。十年後に経済学部を出て、使えそうなら飼ってやる。その猫みたいにな」

そう言って児島はカラカラと笑った。児島一流のジョークなのだろうが、なかなか言い方がキツイ。

「で、伊藤、さっそくだが、こないだの電話の続きだ。すぐに事業に一枚嚙めとは言わん。俺が建設してる小さなリゾートホテルのモニターをやってくれんか？　そのために二日ほど時間を取ってもらわんといかんが」

「そう、そこをもう少し詳しく聞こうと思ったんです」

なんと児島は近くの離島を買い取っており、そこにもともと立っていた洋館を改修して、リゾート地を建設予定だという。

その、ほぼ改修を終えたリゾートホテルのモニター客として一泊。

先日、そこまで電話で聞いたとき、省吾は、美鈴と花音が望むきわどいコスプレショーをその話とつなげて考えたのだ。

「洋館と離島を買い取ったって、最初信じられませんでしたよ。そんなお金、いくら先輩でも……」

児島はニヤリと笑った。

「今回のことで、俺が一番勉強になったことはなんだかわかるか？」

省吾は首を振った。

「議員先生とコネをつくることの難しさと効果だ」

省吾は息を呑んだ。桃香はキョトンとし、黒猫は退屈して寝ている。

「じゃあ、政治家から融資を受けたんですか⁉」

「いや、銀行に口添えしてもらっただけだ。あと、行政の経済活性プランの一環としてあと押ししてもらう確約も得た。これが大きい」

児島はまた笑ったが、目は笑っていなかった。ハッタリも多い先輩だったが、なるほど今回は本気なのだ。

で、と児島は身を乗り出し、表情をやわらげた。

「心配するな。お前に何億も借金を迫ったりしねえよ。お前、よく子供になつかれるだろ？　何人か連れてきて、子供目線でその改装中の洋館を見てもらえないかと思ったんだ。俺もリゾート地とかテーマパークをいくつか見てみたんだが、どうも無粋《ぶすい》でな。どうしても儲かるかどうかの視点でしか見れん」

そういうことか。

「それなら、二人、小学生の女の子に心当たりがあります。訊いてみましょう」

「それとな、悪いんだが……」

ここで初めて、児島はバツが悪そうに頭を掻いた。

「いまさっきなんだが、コイツもいっしょに行きたいって言ってるんだ」

と、苦そうな笑みを浮かべて桃香を指差した。

ふと、美鈴と花音の二人が、桃香と仲よくできるだろうか、と考えた。

「僕は、いっこうにかまいませんが」

「そうか、すまん。面倒をかけるが」

当の桃香は、ニンマリ笑ってはいたが、特に大喜びというふうでもなかった。省吾が拒否するはずがないと踏んでいたのか。

(桃香ちゃんもいっしょなら、あぶないコスプレ遊びはできないかな……)

思い描いていたプランに修正が必要かもしれない。

「んふふ、よろしくね、伊藤さん！」

「いいのかい？　桃香ちゃんの知らない女の子が二人来るんだよ」

「その子たちは二人で、あたしたちも二人で遊べばいいじゃない。んふふふ」

「それは困るよ……」

波乱含みを予感させる言葉に、不安を覚えた。

インターフォンが鳴った。児島が大慌てで立ち上がった。

「そうだ、議員の代理人が書類を持ってくるんだった！　すまんがお前たち、あっちの個室に移っててくれ」

文字どおり追い立てられるようにして、隣の小さな応接室に移った。三畳ほどの小さな個室で、四人掛けの白いテーブルが置いてあった。

「叔父さん、慌ててたね。あたしたちを狭い応接室に押し込んで、なにをさせようっていうの」

黒猫の背を撫でながら、子供らしくない含み笑いを漏らす。

「あのご立派な社長室を通らないと出られないよな。仕方がない。少しのあいだ、ここで時間をつぶすか」

パイプ椅子を引き出し、腰掛けた。

「なにしてつぶす？　んふふ」

限りなく黒に近いセーラー服と、黒猫、それを撫でる仕草に妖しい魅力が漂っていたが、笑うと頬がふくらむさまは、省吾のよく知る幼い桃香のそれだった。

桃香はテーブルの上にお尻を乗せ、上半身を屈めて省吾に近づいてきた。

「こら、行儀が悪い」

文句あるの、と桃香の代わりに黒猫がにらみ、ニャア、と鳴いた。

「いいじゃない、二人しかいないんだし」

子供らしい屁理屈だが、この容姿《ようし》と表情で言われると、妙な妖しさがある。

「そのセーラー服、ほとんど黒だな。ストッキングも黒だし、靴も黒。無駄に大人っぽく見える。背も高いし、ホントに中学生だと思ったぞ」

話を逸《そ》らすように、桃香の服について触れた。

なぜか桃香は一瞬だけ、ためらったような表情を浮かべた。

そうして、寝そべるようにテーブルに身体を乗せたまま、ヒダヒダの黒っぽいスカートの裾をつまんだ。

「でも、パンツは白だよ。ほら」

スカートをひょいと、大きくつまみ上げたのだ。黒いストッキングに包まれた長い脚の大半が見え、ストッキングのためにベージュに透けた白いパンツが見えた。

「こらこら、なにしてんだ」

これは慌てる。

ストッキング越しでも、大人用のナイロンパンティではなく、女児仕様のコットンパンツだとわかった。形状だけはビキニパンティのようだ。

「だって伊藤さん、黒、黒って言うんだもん」

子供じみた責任転嫁《てんか》なのだが、大人の男をはめようとしている悪女のようにも聞こえた。

「学校の友だちの男の子にも、そんなことしてるのか？」

「するわけないじゃない」

あきれたような笑みの中に、一パーセントほど気を悪くした表情が混ざっていた。

「僕にだけ、そんなことしてくれるってこと？」

「んふ、そうだと言ったら？」

小憎らしい返し方をしてくる。美鈴や花音に比べ、もともと斜《しゃ》に構えたところがあったが、こんな気質は、桃香次第で武器にも弱点にもなるだろう。

省吾は小さく咳払いした。

「大人の意見になるが、すぐにスカートを戻せ、となるな」

「大人じゃなくて、伊藤さんの意見は？」

腹の立つ娘だ。省吾は少し戦略を変えた。美鈴にした主張だ。

「あのさ、僕だって健康な男性なんだぞ。アブナイ誘惑をしてきたら、その気になっちゃうかもしれない」

「あたしがそれを望んでるのよ」

悪女のキャラは消え、直球で言ってきた。

「前はそんなことは言わなかった。どうしたんだ？」

愚問。だが桃香は、満面にうっとりするような笑みを浮かべた。

「んふ、あたしも子供じゃなくなったってことかも」

「小学生がなにナマイキ言ってるんだ。義務教育もあと三年残ってるんだろ」

「ねえ、伊藤さん」

笑いながら桃香は両手を省吾に回してきた。そのままゆっくりとすべるようにテーブルから降りる。

「伊藤さんも立って」

言われるままに立ってしまう。術中に嵌《はま》ったというより、省吾の自制がだんだん利かなくなったというのが正解だった。

立ち上がった省吾に、桃香は抱きついてきた。目をつぶっていても、華奢な細い腕だとわかる弱い力だった。

桃香はゆっくりと顔を上げ、省吾を見つめ、頬をふくらませて笑った。

「キスしてくれたら、許してあげる」

なにを許されなきゃいけないんだよ、当然ともいえる言葉は出てこなかった。

吸い寄せられるように顔を落とし、桃香と唇を重ねた。

やわらかく濡れた小さな唇の感触に、省吾は強い既視《きし》感を覚えた。

省吾も桃香の背中に両腕を回した。

（細い……美鈴もスタイルいいけど、桃香ちゃんのほうが軽そうだ）

抱きながらほかの女性と比べている。不遜《ふそん》な考えを振り払った。

キスを解くと、桃香は閉じていた目をうっとりと開いた。

「んふ、知り合ったとき、三年生だったね。伊藤さんによく抱っこしてもらった」

「……あのときから、もう大きいのに抱っこなんてヘンだなと思ってた」

「もっと大きくなったよ。もっとヘンかな？」

「……美人を抱いてるみたいで、ドキドキする」

「んふふふ」

大人らしく叱らなければならないのに、桃香が喜ぶようなことばかり言っている。

「んふふ、伊藤さんの匂い、懐かしい」

省吾の胸に顔をうずめ、こもった声で言った。胸があたたかく湿る。

自分はどんな匂いがするのだろう、と思った。

「桃香ちゃんの匂いも懐かしいよ」

低い頭頂部を見つめて言った。年齢のわりには背が高いほうだが、抱いた感触のボリュームの無さは、はっきりと小学生だった。

「伊藤さん、もっと強く……」

省吾の胸に顔を押し付けたまま、夢見るような頼りない口調で言った。小学生が決して口にしない妖しい抑揚《よくよう》だった。

濃紺のセーラー服の上から、桃香をしっかり抱きしめた。

（勃《た》ってる……）

ズボンの中でペニスは屹立《きつりつ》していた。押し付けられた桃香のお腹はこれを知覚しているだろうか？

そっと桃香は顔を上げた。ニンマリと彼女らしい笑みが浮かんでいた。

「手……もっと下げてもいいよ」

セーラー服の背中を抱いていた手を、ゆっくりと下げた。セーラー服の上着は短い。すぐに裾に達し、手はヒダヒダのスカートに伸びた。

（ヒダが邪魔だ……）

ヒダの縦線に沿うように、ややお椀にした手のひらを下げていく。やがて手のひらは、お尻の丸みの全体を包んだ。

（お尻がすごく丸い……！　もっとぺったんこかと思ったのに）

見た感じはかなりのスレンダー、悪く言えば痩せっぽちに見えるのに、お尻は意外なほどボリュームがあった。横にではなく後ろにだ。日本女性によくある、扁平《へんぺい》なお尻ではなく、わりとダイナミックに後ろに突き出ていたのだ。

(桃香ちゃん、十五年も経ったら、白人のグラマー美人みたいになるのかな?)

そんなことを考えたが、少なくとも胸の発達がまだ見られない桃香に、グラマラスな将来の美人像は想像しにくかった。

「んふ、伊藤さんに、お尻触られてる」

桃香らしいイタズラっぽい口調で、肝を冷やすようなことを言われた。

「やわらかくて気持ちいい。いつまでも触っていたいよ」

弁解は滑稽《こっけい》で無意味なので、ダイレクトに感想を言ってみた。

「んふ、恥ずかしい……」

そう言って省吾の胸に顔を強くうずめた。そして「でも、いいよ」と付け加えた。

手のひらと指先に神経を集中させると、セーラースカートのヒダはあまり気にならなくなってきた。

(お尻の二つの小山……やわらかいハートになってる)

指先がスカートとストッキングの下の、パンツの線をとらえた。

「これ、桃香ちゃんのパンツの線だね」

「んふ、脱がしてみたい?」

桃香もやはり直球で訊いてくる。ここらあたりは美鈴や花音よりも大胆だ。美鈴も思いきったことを言ってくるが、まだ、省吾の出方を見ながら言葉を選んでいるフシがある。

「どうしても僕を犯罪者にしたいみたいだな」

「あたしが許すって言ってるの」

お尻を撫でる手を止め、ほんの少し口調を改めた。

「桃香ちゃんはそう言うけど、これははっきりと刑法に触れるんだ。小学生とキスをした、お尻を撫でた、それだけでたぶん、桃香ちゃんが思ってるより、ずっと重い罪になるんだ。桃香ちゃんはそう言ってくれるけど、気が小さい僕はやっぱり怖い」

調子に乗ってすまなかった、もうやめよう。そんなトーンではなく、どこか桃香のせいにしているところさえあった。自分はズルい大人だと思った。

「ガチガチに法律を守っても、誰もほめてくれないよ」

またかすかな既視感。桃香も似たようなことを言っていたか。

「こんなことしてたら、もっとすごいことしたくなるかもしれない」

「二人とも服を脱いじゃうとか？　んふふふ」

「そう。それで僕のアソコと桃香ちゃんのアソコをくっつけるんだ」

「…………」

反撃は予想していなかったらしく、桃香は黙ってしまった。

「男の人と女の人が愛し合ってベッドでなにをするか、もうわかってるようだね」

「五年のとき、保健体育で習った。でもそのころって、もうなんとなく知ってたわ」

「どう思った？　ショックだったか」

お尻撫でを再開しながら、省吾は訊いた。

「うん。でもすぐに納得した。みんなエッチなのに、なんで隠すんだろう、ってずっと思ってたもん。特に大人」

なるほど、と小さく笑いが漏れる。

「で、あたしも早くしたいなあ、ってずっと思ってたの」

「そんなもん、早ければいいってもんじゃないぞ」

「で、真っ先に伊藤さんが浮かんだんだけど、それから一年近く会えなかったんだもん。ツイてなかった」

「…………」

では今回、そんな思惑を秘めて、叔父の事務所の入り口で待っていたのか？

腰を少し屈め、スカートの裾に手を入れた。黒いストッキングに包まれたふとももを撫でつつ、手を上げていく。

「僕と、どこまでしたいと思ってる？」

「んー、やっぱり最後まで……ちょっと怖いかな」

「小学生だろ。まだそこまで身体ができてない」

すでに、コトを進める前提で自分も話していた。

「同級生のかっこいい男の子とか考えなかったのか？　なんで僕みたいなオジサンなんだ？　桃香ちゃんの倍以上の年齢なんだぞ」

「同級生なんか、おバカばかりだもん。んふ、伊藤さんは大人だけど、あたしたちと考えが近いから。いろいろ知ってそうだし」

子供になつかれる、と児島に言われたことを思い出したが、桃香の言葉は、社会人として複雑な感情を抱かせた。自分は子供っぽいのか？

スカートに潜り込ませた手のひらが、お尻をつかんだ。

「スカートに手を入れられてるぞ。いまの気分はどうだ？」

「べつに。想定の範囲内」

小憎らしい即答。美鈴と花音も学校では成績がいいようだが、こんな、少々いやらしいソツのなさは、桃香のほうが一枚うわてだ。

しかし、桃香が緊張しているのは手のひらを通じてわかった。

「余裕こいてるつもりだろうけど、緊張してるのがわかるぞ。お尻がカチカチだ」

一瞬の息の詰まったような沈黙は、正鵠《せいこく》を射ていた証拠だろう。ちょっとザマミロと思ってしまった。

「んあっ……⁉」

だが、小学生を相手に大人げない美酒を味わえたのはつかの間だった。ふいにペニスに強い快感が走ったのだ。ズボンの上から、桃香が勃起男根をつかんでいた。

「ふんだ。あたしを触って、ココをこんなふうにしてるくせに」

どこか昭和の香り漂う憎まれ口を利かれた。

「ごめん、そのとおりだ。すごくきれいになってるから、ついこんなになっちゃった」

戦術を変えた。下手に出てみる。

「許します」

桃香の小さな手が、ズボン越しにペニスをおそるおそる蹂躙《じゅうりん》している。

太さと硬さを測るように強弱をつけて指でつまみ、長さを測るようにゆるく全体をつかんでこすり上げている。

「それ、もっと慣れたら、ズボンの中で射精するかもだぞ」

「やだ、射精、だって……」

知識として知っているだけの、デンジャラスな言葉だったのだろう。

「これ、もっといい気持ちになったら、もっと大きくなるの？　もっと硬くなるの？　スチールとかダイヤモンドみたいに」

「ならないよ。そんな大きな硬いモンが入ったら、桃香ちゃん、壊れちゃうだろ」

「そっか……」

かすかに「そ」だけ聞こえる発声だったが、納得はしたようだ。

「いま、伊藤さん的にどのぐらいの硬さなの？」

「どうだろ。自分で考えたこともないからな。今度桃香ちゃんが自分で確かめるといい。見て、触って、舐めてみるんだ」

「あんっ、なに言ってんの。舐めるだなんて……」

とろけるような口調で非難した。

頭の片隅で、良心の警告が鳴った。

（ダメだダメだ、どっかで僕がノーを言わなきゃいけない。大人なのに、桃香ちゃんにつられて、いい気になってちゃいけない……）

心の中でブレーキをかけるが、タイミングを測りかねていた。スカートにもぐり込ませた手のひらは、大人の分別とは別行動をしているような気持ちだった。

ふと視線を感じた。

黒猫が白いテーブルに鎮座《ちんざ》してこちらをにらんでいた。コワいまなざしだったが、非難する目つきでもなかった。ご主人にふさわしいオトコかどうか見極《きわ》めているかのようだ。

スカートの中でストッキング越しにお尻を撫でていた手を、ゆっくり上げた。

やや厚めの腰回りを越え、ストッキングは終わり、じかに桃香の背中に触れた。くぼんだウェストは思いのほか熱かった。

「んん……伊藤さんの手、すごく大きい」

だが、そのまま手を上げるのは姿勢的に無理だ。できたとしても、背中に乳房があるわけではない。引き返してストッキングの隙間からパンツ、またはじかにお尻に触れようかとも思ったが、軟体動物でもない限りそれも無理だ。

代わりに、お尻まで下ろした手を前に回そうとした。

ところが、骨盤まで回ったところで、意外な待ったがかかった。

「あん、だめっ、そっちは……」

これまでの、小学生にしてはあっぱれな悪女ぶりとはちがう、えらく弱々しい狼狽《ろうばい》ぶりだった。

ストッキングの上からでも、性器に触れるのはダメ？　一瞬、生理中でナプキンでも挟んでいるのかと思った。

（でも、お尻の下のほうにも触ったけど、ナプキンのごわごわ感なんてなかったぞ）

桃香の拒絶をやんわりと無視して、きわめてゆっくり、手のひらを前に回した。過度に刺激しないよう、股間から手のひらを浮かす。

「ああん、ダメだって……」

桃香が拗ねたような声を出す。逆説的だが、きょう聞いた中で一番セクシーな声に聞こえた。

やはり、ナプキンはなかった。慎重に、手のひらをストッキングの上から、少女の股間のYの字に当てていった。

（え、これ……！）

ぞくりとするほどぬめった感触が、手のひらに伝わってきた。

十二歳の桃香の股間は、パンツとストッキングをじっとりと濡らすほど潤っていたのだ。

強く抵抗する様子がないので、手のひらを大きく広げ、少女の股間を覆った。

「あん、ダメ、恥ずかしい……」

「笑ったりしないよ。僕だって、桃香ちゃんとエッチな抱っこしてオチ×チンが硬くなったんだ。女の人も、そういうふうにできてるんだ。男の人が、なめらかに入ってこれるようにね」

感情を排し、客観的な口調で言った。返事はなく、桃香は羞恥に耐えている。

手のひらをお椀にし、少女の性器のふくらみに合わせて包むように触れた。

ギュッと絞れば、指のあいだからたっぷりの淫蜜が染み出てきそうだ。だが、そんなもったいないことはしない。

桃香の耳に鼻がつくぐらい顔を近づけた。そして、その距離でないと聞き取れないぐらいの小さな声で言った。

「桃香ちゃんのココ、舐めたい」

「え、ダメ、そんなの……恥ずかしすぎる」

「セックスって、もっと恥ずかしいんだよ？」

桃香の返答を待たず、省吾は少し屈み、桃香の腰と膝裏をとった。一瞬だけお姫様抱っこをして、白いテーブルの上に乗せる。

桃香は広げた両手をテーブルに置いて上半身を支え、尻餅をついた格好でテーブルに乗った。立膝座りだが、スカートがずり上がり、黒いストッキングのふとももの裏側が見えていた。

場所を奪われた黒猫は、ニャア、と短く非難の声をあげた。

「テーブルに乗るとか、行儀の悪いポーズって、桃香ちゃんに似合うな」

「……それ、ほめてんの？」

「もちろん」

美鈴や花音が同じことをやっても、ワザとらしさが残るかもしれない。猫目で独特の笑い方をする小学生悪女だからこそ似合うのだ。

「さあ、桃香ちゃん、脚を開いて」

狭い応接室で、自分の声が怖ろしくワイセツに響いた。

顔を横に反《そ》らしつつ、じつに消極的に、桃香は脚をMの字に開いていった。

黒いストッキングに、艶《なま》めかしいふとももが透けている、白いコットンパンツはグレーに透け、股間部分が瑞々《みずみず》しく濡れ、一部がテカっていた。

かすかに、指の先を股間のふくらみに触れさせた。大陰唇のふくらみは、漏れてくる蜜液を内奥に溜めているかのように、タプタプしていた。

「ねえ、パンツも脱がすの？」

声にかなりの恐れが混じっていた。

「このまま啜《すす》っちゃうだけのつもりだけど。桃香ちゃんがどうしても脱ぎたいって言うなら――」

「ん。そのままお願い」

声を被せ、ピシャリと答えたが、声の調子に安堵《あんど》がにじんでいた。

「うわぁ、ヘンタイ……伊藤さんの頭が、あたしのお股に入ってきてる……」

怖れと可笑しさの入り混じった声で、桃香が言った。

「桃香ちゃんのココ、すごくエッチだ」

「やん、恥ずかしい……」

顔を、黒いストッキングに透けた白いパンツの股間に数センチまで近づけた。自分の声が、股間と左右のふとももに遮られ、いやらしくこもる。

「目から透視光線を出して、お股の向こうをじかに見てやる」

「ああん、だめぇ……」

初めて聞く、剥き出しの羞恥心だった。達者な悪女っぷりだったが、このあたりが十二歳の限界らしい。

「セックスって、当然これも脱ぐんだよ」

できるだけ素《す》の声で言ってやった。

「無理することない。もうやめてテーブルから降りるか？」

引き返す選択肢を与えてやることで、緊張感をほぐしてやる。

「……いいの。ここまでは想定してたし」

やせ我慢も桃香らしい。彼女は言い訳のように続けた。

「……伊藤さんが思ってたより積極的だから、ちょっとひるんだだけ」

正直すぎる弁明《べんめい》に失笑が漏れた。

「僕がもっとオロオロすると思ってたかい？」

「そう。それであたしが仕方なくリードしてあげてるはずだったの」

さようでございますか。

「いまから桃香ちゃんのココ、ズルズルびちゃびちゃ舐めてもいいんだね？」

「……うん」

両手も股間にもぐり込ませ、優しくふとももを開かせた。

（女性のアソコの匂いだ……小学生でもこんな匂いを出すんだ）

女性体験は何人かあるが、もちろんすべて成人だ。ランドセルを背負う小学生女児でも秘所はこんな匂いを放つのかと、いやらしい視線を抜きにして驚いた。

さらに顔を寄せた。

黒いストッキングは、ややパンツから浮いていた。

「桃香ちゃん、もうちょっとストッキングを上げられないかな」

ツラい姿勢ながら、桃香は一瞬だけ腰を浮かし、すばやく両手でストッキングの腰ゴムをずり上げてくれた。

「ああん、アソコが冷たい……」

「これでいい。ストッキングとパンツがくっついた」

黒いストッキングに、白いパンツが鮮やかに透けていた。内奥に湛《たた》えた恥蜜はまた増えたようで、大陰唇がさらにふっくらして見える。粘度のゆるい恥蜜はストッキングの表層にテラテラと浮き出し、縦横《じゅうおう》に微細に走る化繊の線を消していた。

唇を丸め、股間に触れさせた。

「あんっ……」

短く声をあげたが、それ以上は耐えたようだ。

口に触れた恥蜜を啜り上げた。味らしい味はないが、かすかにしょっぱさがある。汗なのか、おしっこの残滓《ざんし》なのかはわからない。

（生ぬるいスポーツドリンクみたいだ）

触れた唇を大きく広げ、舌も出し、強く吸い上げた。

自分で口にしたとおり、ズズズッ、ジュッジュッ、チュウチュウ、と、耳を覆いたくなるような猥雑な音が響いた。

「ああっ！　やあんっ、冷たいっ。くすっ……くすぐったい」

わずかに姿勢が変わったのが、股間の揺れから伝わってきた。細い両腕の支えがなかったら、のけぞっていたところだろう。

（自分のお股からこんな音が聞こえるのは、どんな気分だろ）

性的な嗜虐《しぎゃく》趣味は持っていないが、これまでの桃香の言動から、ちょっとイジワルをしてみたい気持ちになっていた。

唇を強く大陰唇に押し付け、フゴフゴと顎を動かした。

「あんっ、お口、動かしちゃ、だめっ……！」

声が次第に高くなり、逼迫《ひっぱく》したトーンになっていた。

（桃香ちゃんのアソコ、どんな形なのかよくわかる……）

パンツとストッキング越しだが、ゼロ距離での視認と、舌で感じる大陰唇の凹凸、弾力などで、性器の形状は正確にわかった。ふっくらしているが縦長のいい形だ。

舌を強く出し、陰唇の縦の窪みを上下になぞった。

「ああん、伊藤さんのベロの動き、いやらしい……」

女性がベッドの上でしか出さない声だ。声圧《せいあつ》のない小学生の声で言われると、違和感と背徳感がすさまじい。

「ねえ、伊藤さん、あの……」

ためらうような調子で、桃香が声をかけてきた。

「それ……たとえばだけど、あたしがパンツも脱いじゃって、じかにやったら……もっと、気持ちいいの？　その、伊藤さんがよ」

最後の付け足しに内心で失笑が漏れる。自分が快感を得たいのもあるだろうに、どこまでも省吾の頼みを聞いてやるというスタンスなのだ。

「そりゃもちろん。僕のチ×ポ、鉄鉱石みたいになるかもしれない」

「じゃあ……」

仕方ないわね、というペースを崩さず、桃香は不自然な体勢で少しずつ腰を浮かせ、スカートに手を入れて、ストッキングとパンツをずらしはじめた。

ずらした下着がふとももの半分に達し、濡れた性器の縦線が見えた。

そのとき、廊下をドタドタ歩いてくる音が聞こえた。

「おー、お前ら、すまん！」

児島が来客の対応を終え、慌ててここに来たのだ。

桃香は一瞬でテーブルから降り、ストッキングとパンツを元どおりにずり上げた。ほとんど音も立てず、それこそ猫を思わせる俊敏《しゅんびん》さだった。省吾もテーブルに乗り上がる姿勢を起こし、直立した。

桃香はテーブルの上の黒猫を抱いた。

ガチャリ、と扉が開いた。

「すまんかったな。来たのは秘書さんだが、大先生の耳に入ってつむじを曲げさせるわけにいかんからな」

児島が気づいた違和感はこの点だった。

「省吾、なんで顔が濡れてるんだ？」

下着越しの疑似クンニリングスしたとき、桃香の淫蜜が顔についていたのだ。

「叔父さん、この猫ちゃんが伊藤さんの顔を舐めたの」

とっさに桃香が言った。えー、わたしのせい？　と猫が非難のまなざしを、なぜか省吾に向けてきた。

猫を抱いたのも計算だろう。二人の立ち位置のあいだに黒猫を抱いていれば、二人は猫を見るために近寄っているようにしか見えない。

「省吾、さっきの洋館の試験泊、日取りが決まったら教えてくれよな」

「わかりました」

「叔父さん、あたし、伊藤さんを玄関まで見送ってくる」

「おー、頼む」

階段を並んで降りながら、桃香がイタズラっぽい笑みを向けてきた。

「危なかったね」

省吾は、ちょっと考えていたことを口にした。

「桃香ちゃん、あの離島の洋館に、君も行くってプランだけど」

「なんなの？」

「僕の知り合いの、六年と五年の女の子が行くって言ってただろ」

「うん」

「その子たちも桃香ちゃんと同じ、ちょっとお年ごろみたいで……エッチなことに関心があるみたいなんだ」

美鈴や花音に断りを入れていないことに抵抗を覚えたが、ここは慎重に、双方に同量の情報を与えておくべきだと思ったのだ。

「伊藤さん、その子たちにも、アソコを触ったり舐めたりしたの？」

「……そこはノーコメントといこう」

「…………」

「で、その子たちに頼まれてるんだ。いろんな変わった衣装を買って、その洋館でコスプレショーをしようって」

「変わった衣装って？」

「その……ちょっとエッチなやつだ。きわどい水着とか、エッチな下着とか、スケスケのドレスとか」

「えー、あたしも着たい！」

「わかった。リクエストがあればスマホに連絡くれ」

階段を降りたところで、二人はアドレスを交換した。

「んふ、楽しみが増えた！　その子たち、あたしとちょっと気が合うかも」

「いま言った内容と同じぐらい、桃香ちゃんのことも、その子たちに伝えるぞ？」

「うん。情報共有は大事だもんね。あたしのこと、よく言っといてね！」

情報共有。美鈴や花音は、そんな言葉が日常的に使えるだろうか、と桃香に手を振られながら省吾は考えた。

第三章　ビショビショお漏らし遊戯

「ただいまぁ！」

　自宅に帰ったような元気な声が、玄関から響いてきた。もはやインターフォンすら鳴らさない。

「おかえり、美鈴」

　調子を合わせて省吾も言う。

「ねえ、どれ？　早く見たい」

　前日、通販で頼んでおいたコスプレ衣装が段ボールで届いたのだ。それを美鈴と花音にスマホで知らせると、美鈴が翌日学校帰りに行くと伝えてきた。

「花音は、あさっての日曜、そろばんの検定試験だから来ないらしい」

「わたしにも連絡あった。すげー悔しがってた」

「お前、何度も言ってるけど、学校帰りに直接こんなとこ来ていいのか?」

「何度も言ってるけど、その前にお店に寄ってママに顔出してるからいいじゃん」

小学校の制服のままの美鈴は動じたふうもない。

「帰ったら、まずうがいと手洗いだろ」

「はーい」と返事をして洗面所に向かう。

戻ってきた美鈴は、妙な含み笑いを漏らしていた。

「省吾もうがいしてきて」

「ん? なんで僕も」

「チューするから。うふふふ」

黙って椅子から立ち上がり、洗面所に向かう自分が浅ましい。

「んふふ、省吾ぉ……」

うがいを済ませて戻ると、美鈴が目を細めて両手を上げ、ゆっくりと抱きついてきた。小学生のやや埃っぽい制服の上から、省吾も抱きしめる。

そっと美鈴が顔を上げた。うがいのあとだからか、やわらかい小さな唇は冷たかった。自分もそうだろう。

だが、そのままヒダヒダのスカートのお尻を触ったり、スカートに手を入れる余裕はなかった。美鈴はすぐに、笑ったまま身体を離したのだ。

「ねえ、コスチューム、見たい」

通販の段ボールに、はさみを入れた。

「へえ……！」

袋に包まれたコスプレ用の着衣を見て、美鈴は短く声をあげた。

スケスケの白いセーラー服、ピンク色のナースの衣装（丈は超ミニ）、極小のビキニの水着が三着、白い体操着とブルマも三色、真紅のボンデージと、白黒の悩殺下着、そしてベビードールにネグリジェ、黒いガーターベルトとストッキングのセット。

「これ、パンツなの？　すごく軽い。スケスケじゃん。写真に撮ったらやばそう」

黒い極小パンティを手にして、美鈴は嬉しそうに言う。

「あらためて訊くけど、写真を撮る前提なのか？」

「ここで着せ替えごっこだけしても仕方ないじゃない。これ着て外に出られるわけじゃないし」

「……撮影は、僕だよな？」

「うふ、パパやママに頼めないものね」

当然でしょうが、という期待の混じった失笑。

省吾は気を取り直し、部屋の隅の壁を指差した。

「そこの白い壁を背景にしよう。生活感のあるモノは映らないように動かした」

「うふふ、準備ばっちりね。省吾のエッチ！」

コイツはコイツで腹の立つ言い方をする。

「それ着る前に、テストショットしてみよう。白い壁の前に立て」

スマホを動画に切り替え、壁に向かった美鈴に向けた。

「こっちを見て、にこっと笑ってみな」

顔をアップにしてみた。うまい具合にベランダの大窓から西陽が入り、表情や動きにドラマチックな陰影《いんえい》がつく。美少女なので、憂いを含んだいい画《え》が撮れた。

後ろを向いて、ちょっと振り返ってみろ。

バンザイして脚も広げてみな。つま先は少し内向きに。

前屈みになって膝に両手をつけ。顔はこっちだ。笑え。

「うふふ、雑誌のグラビアのお姉さんみたいに撮れてる？」

「まだまだ。素人娘が頑張ってるようにしか見えない」

「わー、キツ」

美鈴は省吾のスマホを覗きにきた。

「あれ、動画で撮ってんの？」

「静止画のほうがいいか？　どっちみちこれは試し撮りだ」

「動画でもいいけど、いいショットがあれば静止画がいいかな」

エラソーなことを素の声で言う。ふだんから動画サイトを見慣れているのか。

「でもこれ、小学校の制服だから、ほんとにただのスナップだよね」

「まあ、それ以上でも、それ以下でもないな。なにを追及してんだ？」

美鈴は省吾を見上げ、「うふっ」と笑った。

「ね、パンチラとか、撮りたい？」

「それはもう、ぜひ」

「うふふふ」

さほど広くもない部屋を、美鈴は笑いながら駆け出し、また白い壁に向かった。

そうしてしゃがみ、立膝座りになった。白いパンツが三角形に現れる。

「見えてる？」

「見えてる。もう少し左に向こうか。それで、膝と膝を離してくれ」

「やだぁ」

笑いながら言われたとおりにすると、もう確信的なパンモロになっていた。

こっそり、股間の白いパンツにズームを合わせた。

(アソコに染みができてる。エッチなお汁か？　オリモノ？)

「省吾、答えなくてもいいけど、いまわたしのアソコ、ズームにしてない？」

女性の勘か。ちょっと怖くなった。慌ててズームを戻す。

「してた。ごめん」

ふと、中学生のころ、教科書に隠して漫画を読んでも、教壇の先生からは一目瞭《いちもくりょう》然《ぜん》だという話を思い出した。

だが美鈴は、責めたいわけではなかったらしい。

「省吾、ほら」

なんと美鈴はその姿勢のまま、パンツに手をやり、指先でクロッチの裾をつまんでめくっていったのだ。

「おいおい」

省吾は口で言いつつも、もう一度慌ててズームにした。

大陰唇のふくらみが見えた。省吾の指先ほどの幅だ。

(美鈴、やっぱりまだ毛が生えてない)

自分が小六だったころを思い出した。陰毛がそろそろ生えていたはずだ。個人差もあるだろうが、美鈴はその点でちょっと奥手なのだろうか。

「もっと大胆にめくってみようか」

感情を抑え、さっきまでのカメラマン口調で言った。

「やん、アソコが見えちゃうじゃない……」

不安そうな非難の声とは裏腹に、美鈴は言い終えないうちにパンツの裾をさらにめくっていった。

大陰唇を刻む縦線が見えた。線の上は細いYの字に別れていた。

(あれが、クリトリスか……)

犯罪に手を染めない限り、おそらくは父親でも、高学年の女子小学生のクリトリスを観察できる機会など、ふつうはないだろう。

「美鈴、膝をもう少し広げられるか。脚先も」

フローリングの上を、白いソックスですり足しながら、ゆっくり美鈴は脚を開いていった。

大陰唇を刻む陰唇から、輪ゴムのような細い線が見えた。

(左右どっちかの小陰唇だな)

「あはっ、ダメ。これ以上は恥ずかしい」

美鈴は言い、パンツの裾を戻した。

(残念。指で自分のオマ×コに触れさせようと思ったのに……)

ズームを戻すと、美鈴は立膝座りのまま上体を屈め、顔を斜めにして笑っていた。

(なかなかいい演技じゃないか)

立ち上がると、美鈴は紺の吊りスカートをパタパタとはたいた。

「そうだ、最後にひとつ。両手を上げて、上で手をくっつけてくれ」

「こう?」

上半身を反らし、まっすぐ上に両手を上げて、その先で指をつないだ。

「そのまま、くるくる回ってみて」

「ナルホド」

省吾の意図を理解したように、美鈴は笑った。下卑《げび》た男性の下心を見透かされたようでバツが悪い。

美鈴が時計と反対周りに回ると、傘を開くようにスカートが広がった。

すぐにパンツが見えることはないが、ふとももは大半は露出した。

(美鈴、小学生のわりに背が高くてスタイルもいいから、ふとももが見えただけでけっこうエロイな……)

パンツが見えなければ、立膝座りでパンツをめくったときとは別種の、健康的なエロティシズムがあった。

「見えてんの？」

くるくる回りながら、美鈴がおかしそうに訊いてくる。

「見えそうで見えない。もっと激しく回れるか」

美鈴が回転を上げると、ヒダの多い鈍重な吊りスカートは、ほとんど水平にまで広がった。白いパンツは丸見えになり、スカートに入れたブラウスの裾まで見えた。

動きに合わせてシワになりやすいコットンパンツが、表と裏を交互にカメラに向けている。

「もうだめ。目が回っちゃう」

息を荒げながら、美鈴はゆっくりとまった。

本当に目が回ったらしく、こちらに向かうとき、一度大きく左にそれた。

「コスプレなしでも、小学生の制服だけで、けっこうエロく撮れるぞ」

「それは、省吾だからでしょ。わたしたち、制服なんて飽き飽きしてるもん」

直球すぎる言葉に、省吾は言葉もなかった。間違いなく自分は美鈴たちにロリコン認定されているだろう。

息を整わせながら、美鈴はコスプレ衣装の数々にあらためて目を落とした。

極小ビキニの黒パンティを手にして、少し表情を曇らせた。

「これ、下着なんだよね。このまま着ちゃうの、ちょっと抵抗あるな。一度家に帰ってシャワーを浴びてくればよかった……」

常識的な衛生観念を身に付けているのは好ましい。

だが美鈴は、自分の言葉に天啓《てんけい》を受けたように顔を輝かせ、省吾に向いた。頭の横に灯《とも》った電球が浮かぶようだ。

「ね、シャワー貸してくれない？」

「え、いいけど」

「うふふ、おしっこもしたくなっちゃった。小さな下着だから、見てるだけでお腹が冷えちゃう。トイレも借りるね」

「こらこら、お年ごろなんだから、おしっこ、とか言うな。お手洗いと言え」

今度は省吾が、自分の言葉からインスピレーションが沸いた。

「なあ、美鈴、あと一時間ぐらいはここにいるよな？」

「うん。省吾がイヤじゃなければ。なんで？」

（一時間あれば余裕で乾燥機が使えるな）

期待と疑問を浮かべて笑う美鈴を見つめた。

ちょっと変態的なプレイが浮かんだのだ。これまで付き合った女性は四人ほどいるが、やってくれたのは一人だけだった。それも怒っていた。

「なあ、美鈴、お前可愛いな」

「ありがと、知ってたけど」

「美鈴に、死ぬほど恥ずかしいことをやってもらいたくなったんだけど……」

「えー、なんだろ、痛いこと？」

「痛いことはないよ。そんなことさせるもんか」

痛いこと？　美鈴はハードSMについてなにか知識を持っているのだろうか？

省吾は美鈴の耳に顔を近づけ、片手を添えてささやいた。

「美鈴の、おしっこするとこ、見てみたい」

さすがに美鈴は、笑みを引いて驚いていた。

「えー、ほんとにヘンタイじゃん……」

省吾はもう一度、美鈴の耳に顔を寄せた。

「それも、その小学校の制服を着たまま、お漏らししてほしい」

形勢を立て直し、美鈴は困惑しながらも、あはあは、と笑みを浮かべた。

「ダメだよ。あした学校に行けなくなる」

「そこの洗濯機に放り込んで、乾燥にかける。四十五分で乾く。それを着て帰れる」

感情を抑え、ゆっくりと嚙んで含めるように言った。

「……省吾はそれを見たら、うれしいの？」

「うれしい。言っただろ、僕も男だ。可愛い女の子が恥ずかしがってるところを見たい欲求はある」

「そんなもん見たら、わたしのこと、嫌いになるでしょ」

「ならない。もっと好きになる。むしろそっちのほうが怖い」

美鈴は視線を逸らし、思案顔になった。まぶしい笑顔しか印象にないが、教室で難しい授業を受けているときはこんな顔なのだろうか。

「仕方がない。省吾のためだ」

吹っ切ったように、美鈴はそんな言い方をした。

「その小学校の制服を着たまま、ジョージョーお漏らししてくれるのかい？」

覚悟のほどを見てみようと、あえて下賤《げせん》な言い方をする。

「それでコーフンするおバカの顔、逆に撮ってやりたいわ」

美鈴はまた自分の言葉でなにかに気づき、手のひらを省吾に向けた。

「あ、さすがにこれは動画撮影NGだからね」

「わかってるよ」

動画撮影NG。こんな言葉がスラスラ出てくるところは令和時代の小学生だからか。あるいは、やはり動画サイトに慣れているからか。

二人で浴室に向かう。自分の家の風呂に行くのにこんなにドキドキしたのは初めてだ。ラブホテルを最初に使ったときを思い出す。

換気扇は二十四時間つけているが、浴室には独特の湿気と香りがある。

「こんな格好でお風呂に入ったの、初めて……」

小学校の制服のままの美鈴は、不安そうな笑みを漏らす。できれば黄色い学帽と赤いランドセルも背負っててほしいところだった。

「僕はちょっと脱いでいいかい？」

省吾は上下を脱ぎ、アンダーシャツとボクサーブリーフだけになった。

「ずるい」と美鈴は笑う。

シャワーを出す前に、ちょっと考えた。浴槽のゴム栓も閉め、お湯を張る。最初の設計で高出力にしてあるので、すぐにお湯の水位は上がっていく。

「どうせなら、どっぷり浸かりたいよな。うん！」

茶化して言うと、美鈴はちょっと吹き出した。

「決めつけちゃって」と言いながら少しだけ表情をあらためた。「夜だったらよかったのにね。うふふ、省吾の家にお泊りしたい」

うれしい願望を口にしてくれる。

美鈴に向き直った。美鈴は笑いながらも緊張しているのがわかる。だが、自分自身も予想以上に緊張しているらしく、静かに息が荒れていた。

「さあ、レッツお漏らし、美鈴」

「ヘンタイ……」

不安そうな笑みに羞恥が加わり、美鈴は顔を横に反らした。

「そうだ、スカートを持ち上げてくれ。お漏らしがよく見えるように」

「恥ずかしい……」

短い五文字の言葉だが、おんなの恥じらいが表れていた。小学生に出させる声ではない。

「美鈴、こんなのイヤか？　イヤだったらやめるぞ。僕、調子に乗ってるけど、無理に合わせることはないんだ」

このタイミングで、そんな言葉が口をついて出た。パートの娘に悪さをしているという倫理観はもうわきに置いていているが、子供の心に傷をつけるべきではない……。

「どうしたの、怖気《おじけ》づいちゃった？　うふふ」

「そうじゃないけど、美鈴のトラウマになったら……」

「なんないよ。知らない男の人に言われてるわけじゃないし。省吾だよ」

最後の「省吾だよ」を強調した。多少の強がりもあるだろうが、オーバーではなく、ちょっと感動した。そして吹っ切れた。

「ありがとう。じゃあ、始めよう。オフロ de オモラシ、美鈴編」

省吾の軽口は無視して、美鈴は小さく息を整えた。

「……ここで、ソックスも穿いたまま、おしっこするのね？」

「そう。脚を広げてくれるかい？　肩幅ぐらい」

美鈴は黙って、そのとおりにしてくれた。

「なんかスゲー緊張する……」

「さあ、スカートをつまみ上げてくれ。自信をもって、胸を張って、勇気を出して」

「……ヘンタイだー」

失笑と不安、そして羞恥と呆れを、まだ幼さの残る顔に同時に浮かべていた。

ただ、もうためらいはないようで、両手でつまんだ吊りスカートの裾を、ほとんどお腹の高さまで持ち上げていた。パンツの全容と、ブラウスの裾も見える。

パンツのクロッチを見て、内心でニンマリした。

(パンツの沁《し》み、さっきよりも広がってる……恥ずかしいのもあるだろうけど、美鈴もちょっと興奮してるんだ)

スマホでズームにしたときよりも、クロッチの沁みが描く地図はあきらかに大きくなっていた。洞爺湖《とうやこ》ぐらいだったのが、琵琶湖《びわこ》ほどになっている。

「どうした? ここをトイレだと思って遠慮なくおしっこしてくれ」

「あは……したいんだけど、なかなか……緊張してるのかな」

「僕のことは気にしなくていい。トイレの置物だと思え」

さすがに省吾の視線は直視できないのか、あいまいな笑みを浮かべたまま、美鈴は顔を斜め下に逸らしたままだ。

「あん、出る……」

子供が泣く寸前のような、高くて短い声だった。

透明なにじみのあったパンツのクロッチが、ぷわっ、とふくらんだ。内奥に少し溜めてから、コットンのパンツはおしっこの重みに耐えきれず、あふれ出させた。おしっこは線となって、ふとももの内側を急速に伝っていく。

「ああん、いっぱい出ちゃう……」

ショオオオ……と、こもった音がパンツの奥から聞こえてきた。

そして男児の立ちションのように、少女のおしっこはあいまいな放物線を描いて宙を舞った。

省吾は美鈴の背後に回った。

「え、ちょっ……？」

つまんでいた左右のスカートの裾を下ろさせた。

「スカートも濡れちゃう」

「大丈夫。これも洗濯するよ」

後ろから抱きすくめる格好で、お椀にした手のひらで、スカートごと美鈴の股間を覆った。

「ああん、なにすんのよぉ……」

おしっこの勢いは最大になり、厚手でヒダヒダの吊りスカートもすぐにビショビショになった。あふれ出るおしっこは、軽く押さえている省吾の手にいったんとどまり、そのままスカートをさらに濡らして下に落ちる。

浴室の床には薄黄色の池ができ、排水溝に向かって川になっていた。

スカートの中に手を入れた。パンツの上から股間を包む。

「おしっこ、すごくあったかい……これが美鈴の体温なんだね」

「いやぁ、省吾、チョーヘンタイ」

パンツの上から股間を覆っていた手を、そっと上下に動かした。

(美鈴のオマ×コのふくらみ、僕の手のひらにぴったりだ……相性もいいのかな)

自分に都合のいい勝手な解釈《かいしゃく》に、内心で失笑が漏れる。

(そうだ、クリトリスなら、おしっこの邪魔にならない)

手を陰唇の上下あたりに置き、指先でごく軽く刺激した。

「ああんっ！　ダメッ、おしっこ、できなくなる……！」

美鈴はへっぴり腰になり、スカートのお尻が省吾の鼠蹊部を突いた。

不意の性的刺激に驚いたのか、尿意が一瞬途切れたのがパンツ越しでもわかった。

「省吾、その手……おしっこだよ？」

排尿しながら、泣きそうな顔で言ってきた。

「美鈴のおしっこだよ。汚いもんか」

省吾は両手ともスカートの中に入れ、交互に美鈴の股間に触れた。

なにごとにも、始まりがあれば終わりがある。

長いおしっこはやがて勢いを弱め、そしてとまった。

「もう……お尻のほうまでビチョビチョ……」

パンツが伝ったのだろう。じつに気持ち悪そうな顔をしている。

「ごめんな。いっぺんしてみたかったんだ。もう無理は言わないよ」

少女のイヤそうな顔を見てフォローした。変態行為の強要を反省もした。

だが美鈴は、その表情にかすかな笑みを浮かべ、意外なことを言った。

「次はちゃんと服を脱いで……」

語尾は小さくかすれていったが、排尿を見られることに抵抗はないということか。

驚きも期待も顔に出さず、省吾は熱いシャワーを出し、ヘッドを持った。

「えっ？　ちょっ……ちょっと、服が濡れちゃう」

省吾は紺の吊りスカートの上から、じかにシャワーのお湯をかけたのだ。

「すぐに洗濯するんだって。それに、こんなことさせといてなんだけど、おしっこまみれのまま、洗濯機に入れるのもアレだし」

ナルホド、という消極的賛同の沈黙。

スカートの前と後ろを、省吾は遠慮なくシャワーのお湯を浴びせた。

薄黄色に染まっていた白いソックスもお湯に流され、白さを取り戻していく。

「ちょっと、省吾ぉ！　そこはおしっこに濡れてないよ」

スカートだけでなく、シャワーのノズルを持ち上げ、ブラウスごと肩からかけた。

「なあ、すごーく面白いこと、思いついたんだけど」

「なんなのよぉ、ヘンタイ？」

困惑した笑みを浮かべながら、キツイ言葉で訊いてきた。

シャワーのノズルをフックに掛けると、省吾は自分のシャツを脱ぎ捨て、一瞬のためらいのあと、ボクサーブリーフも脱いだ。

「きゃあ」

ぜんぜん緊迫感のない悲鳴をあげ、美鈴は両手の指で顔を覆うふりをした。そもそも顔が笑っている。

「へえ、省吾のアレ、そんななんだ……」

「パパのアソコとはちがうかい？」

「うん。もっとね」と言いながら、美鈴は言っていいものかどうか、笑いながら逡《しゅん》巡《じゅん》した。

「もっと、だらしなかった」

「学校でもう習ったか？　男の人のこの状態をなんて言うか」

美鈴は声には出さず、口の形だけで「ぼっき」と言った。

「パパのがだらしないのは当たり前だ。自分の娘にヘンな気持ちにならないだろ？」

「そっか」

美鈴は納得してから、イタズラっぽい笑みを浮かべた。

「じゃあ、コレ、省吾がヘンな気持ちになってるブッテキ証拠なんだね？」

小学生が口にする「ブッテキ証拠」が妙に生々しく、おかしかった。

「コレ、どこに入りたがってると思う？」

省吾は腰を左右に動かし、勃起した男根をブラブラと振った。

「知ってる。どっかの塀に空いた穴でしょ」

「そう。美鈴が学校に行く途中にあるボロ家の壁だ」

「きのうもやってたよね」

ちょっと思いついて訊いてみた。

「こんなこと、もうぜんぶ知ってるのかな？」

「ソレが大きくなってどうするかってこと？　知ってる。五年生のいまごろに保健体育で習ったから。男女別で。とーぜん、花音も知ってるよ」

自分のときも、たしかそのころだったと思い出す。

（じゃあ、あの桃香ちゃんも知ってるのか）

ふと、そんなことを思った。

「ねえ、省吾がゼンラになるのが、すごーく面白いこと、なの？」

ショート漫才に飽きたのか、ちょっと不満のにじむ声で訊いてきた。

「そうじゃないんだ。美鈴もここへ……」

省吾は慌ててシャワーでかけ湯し、お湯の張った浴槽に片脚を入れた。

「服のまま、湯船に入るのはどうだ？」

「これ？　この服のまま？」

美鈴は吊りスカートの紺のストラップに両手をやり、訊いてきた。

「そう。どうせ洗濯するんだ。上から下まで、そのままお風呂にザッブン」

美鈴のこんなに子供らしい笑みを見たのは久しぶりかもしれない。基本的に、子供は大人が怒るようなことが大好きだ。

「へえ、靴下のままでお湯に入るって、こんな感じなんだ……」

ソックスがお湯に浸かっただけで声がウキウキしている。

「そのまま全身、入ってきな」

どういう嗜みなのか、スカートの裾を両手で押さえて、ゆっくり浴槽に入ってきた。

独り暮らしだが、家族世帯への転売を考えて浴槽は広く大きく取ってある。

美鈴は肩まで浴槽に浸かった。

「感想はどうだ？」

「ヘンな感じ……身体に合わない水着を何枚も着てるみたい」

「そのまま上がって、服ごと乾燥させられたら便利なのにな」

動画サイトで見た、七十年の大阪万博の古いフィルムにあった、「人間洗濯機」を思い出した。

美鈴は肩を出し、両手の肘を浴槽のフチにかけていた。

「もうちょっとだけ、上半身を浮かせてくれ」

「こう？」

腕の軽い力で、美鈴は胸あたりまでお湯の上に浮かせた。

「それでまだ、ザップン」

ズンッ、と肩まで浴槽に沈み、湯面が大きく揺れる。

吊りスカートがお湯の抵抗で沈みに間に合わず、風に舞う木の葉のようにお湯の中でたゆたった。白いパンツが丸見えだ。

「やぁだ、省吾のエッチ！」

「ヒラヒラでバレリーナのスカートみたいになってる」

「うふふ、ゆらゆらして、黒っぽいクラゲみたい」

「そのスカート、重そうなのになあ」

「お湯から出たら、たぶんずっしり重くなってるね」

長い脚の先には、お湯に揺れる白いソックス。なにかエロを越えたファンタスティックな光景に思えた。

「うふん、省吾、抱っこぉ……」

水の中を、ゆっくり美鈴が近づいてきた。省吾も抱き寄せる。

付き合っていた成人女性と、いっしょに浴槽に入り、抱き合ったことはある。

(相手が小学生、しかも服を着たまま。僕にも二重に初めての体験だ……)

ゆらめくスカートは、お尻を包むという大事な仕事をしていない。遠慮なくパンツ越しにお尻を抱く。

(不思議な感触だな)

お湯のせいでパンツがお尻から浮き、独特の触れ心地だった。頼りなく揺れるコットンの生地の向こうに、子供らしい硬さの残ったお尻がある。

至近距離で顔が合った。美鈴は上気した顔に笑みを浮かべている。

唇を重ねた。省吾が舌を出すと、美鈴はちょっと驚いたようだったが、おそるおそる自分も舌を絡めてきた。

(舌も小さい……それに、すごく潤ってる)

瑞々しい唾液が陶酔《とうすい》感を高めた。お湯の温度もあって、ウィスキーボンボンの中身を舐めたような心地よさだった。

「ねえ、やっぱり、服、重い……」

美鈴はお湯の中でポケットに手を入れた。ゴムを取り出し、両手を頭の後ろに回し、ロングの黒髪をくくった。

「美鈴、おまえポニーテールも可愛いなあ」

まんざらでもなさそうだったが、水の中で服を脱ぐのにちょっと苦労していた。濡れた指で濡れたブラウスのボタンをはずし、脱ぐ。浴槽の外に放り出すと、ボトッと重そうな音がした。

「うふ、お湯の中でスカートを脱ぐってヘンな感じ。ラクかと思ったのに逆だね」

あとは、白い女児シャツと白いパンツ、ソックスだけだ。

ペタッと張り付き、肌色を透かせた女児シャツが艶めかしい。十円玉ほどのピンクの乳首ポッチが見えたが、立体的に浮き出ているわけではない。

「ただの質問だけど、美鈴はスポーツブラとかしないの？」

「ただの質問じゃないよ。それ、超セクハラ質問。コッカイで辞任騒ぎになるよ」

ナマイキな言い方をしつつ、美鈴は笑った。

「買ってもらったけど、ほとんど使わない。面倒だし」

「………………」

ほんの少しのためらいを見せ、美鈴はシャツを頭から脱いだ。逡巡は省吾に見られるのが恥ずかしいからではなく、濡れたシャツが髪に触れるのを嫌がったためかもしれない。

スポーツブラをほとんど使わない理由は訊かなかった。

胸がぺったんこで必要ないのだ。

（いや、ちょっとだけふくらみかけてるか……？）

ただのマークのようだった薄ピンクの乳首は、露出してみると、ごくわずかにふくらみの兆《きざ》しがあるのがわかった。浴室のような光量の乏《とぼ》しい場所で、陰影がつかなければわからないほどわずかにだが。

（花音もまだブラはしてないだろうな。桃香ちゃんはどうだろ？）

一瞬、そんなことを考えた。

「こんなことしてるのママに見つかったら、すげー怒られちゃう」

白いソックスをお湯の中で脱ぎながら、美鈴は笑う。

(怒られるのは僕だよ。君の親と、警察署と裁判所で)

心の奥でそっと自分の悪行を自覚した。

「あは、やっぱりパンツは恥ずかしいな」

顔が上気しているのは、お湯のせいか羞恥のせいか。

「目、つぶっててやろうか？」

「ん、そのままでいい。意識しちゃうし。どうせ薄目開けるでしょ？」

小憎らしい口を利く。浴槽の背もたれに上半身を預けた格好で、美鈴は両手をパンツにやり、脱いだ。

ポイッ、と軽く投げたつもりらしいが、やはり浴室の床にボトリと重い音を立てて落ちた。

「美鈴、おいで……」

省吾はゆっくりと両手を広げた。

美鈴は薄笑いを浮かべ、省吾の下半身に目を落とした。

「それ、すごいことになってるね……」

省吾もお湯の中でリラックスしているが、当然、ペニスだけは緊張の極みにあった。痛みを覚えるほど充血しており、反り返った亀頭の先は腹にへばりついている。

「セックスって、これが女の人に入るんだぞ？　美鈴はまだ無理だろ」

「うん……自信ない。もっと細かったら」

女性パートナーに、大きさではなく、小ささを求められたのは初めてだ。

「美鈴、ほら」

省吾はもう一度両手を広げた。湯面をゆっくり大きく波立たせ、美鈴は抱きついてきた。

「のぼせてないか？　身体、すごく熱いぞ」

お湯の中で抱いているのに、そのお湯よりも熱く感じた。

「ん、大丈夫」

眠いのかと思うような頼りない声音《こわね》だった。

（美鈴の身体、あったかい……）

体脂肪の不充分な、子供らしい硬さがあった。どこに触れても、すぐ下に骨の感触がある。しかし全体的なやわらかさは、やはり女性独特のもので、想像したくないが、仮に美鈴のクラスの男児に同じことをしていても、ちがいははっきりわかっただろう。

（ホントに、小さな女の子と、大人の女性との中間ぐらいなんだなぁ）

だがボリュームの無さは、どこまでも子供のそれだった。全体的な頼りなさが強く印象に残る。

お湯の中で抱き合い、双方腕に力を入れた。

（背中に回った手まで、小さいのがわかる……）

「あん、省吾と、裸で抱き合ってる……」

見ると、美鈴は目を閉じたまま笑っていた。細い両脚をカエルのように絡めてこようとするが、さすがに浴槽はそこまで広くない。

抱いたまま少し身体を離し、美鈴の胸元まで顔を落とした。

顔を胸に寄せ、乳首のかすかな突起に唇を触れさせた。

「やぁん、なにすんの……」

幼さの残る小六の美少女の顔に、羞恥と切なさとおんなの悦びが浮かんだ。

顎を引き、肩をすくめているが、逃げるように胸を反らせているので、逆に舐めやすかった。

「あんっ……やん、くすぐったい……」

舌を出し、チロチロと優しく乳首をいじめた。

「……胸、小さくてガッカリしてる？」

この歳でそんなことを気にするのか、と驚いた。

「するもんか。美鈴は美鈴だ。可愛いよ」

ロリコンという概念を浮かばせたくなかったので、慎重に言葉を選ぶ。

「大きくなるのをゆっくり待つから」

美鈴は「うん」と笑った。「待っててね」

舌を大きく出し、乳房になるであろう乳首の周辺を舐めた。まだ腹とも背中ともわからない平面だ。

（いや、ちょっとふくらんでる……？）

舐めているうちに、乳房が少しふくらんだ気がした。錯覚ではない。乳首の周囲にほんのりと弾力のある層ができていたのだ。強い官能で身体が刺激を受けた反応だろうか。

両方の乳房を丁寧に舐めた。

「んんっ……あんっ、いやっ……んんん、ああんっ」

美鈴が押し殺した声を漏らす。

目は閉じ、眉根を強く寄せていた。二年前から知っている少女だが、こんな表情を見るのはむろん初めてだ。

鳥肌を立たせるのか、ときどき乳房の周囲がざらついた。フニャフニャの乳首も一瞬だけコリコリに硬くなる。

ゆっくりと顔を離し、静かに息をついた。

「省吾の、エッチ……」

小学生の美少女はうっとりと笑い、その顔は火照《ほて》っていた。

見おろすと、美鈴の無毛の性器は、両脚を広げた姿勢のせいでかなり開いていた。

(お湯の中に、美鈴のエッチなお汁がにじみ出てるかな)

出汁《だし》が出てる。昔読んだエッチなギャグマンガの、そんなセリフを思い出した。

陰唇の開きは一センチぐらいだろうか。たゆたうお湯のせいで凝視《ぎょうし》はしにくいが、陰唇の両わきに、輪ゴムのような小陰唇が張り付いている。内奥は薄ピンクでぼんやりと暗かった。

「美鈴、反対向きに」

言いながら省吾は、美鈴を半回転させた。自分自身を浅い椅子として美鈴を座らせる格好だ。

そうしてシートベルトのように美鈴を抱き寄せる。

「うふん、お尻に、なにかゴリゴリ当たってる……」

屹立したペニスの上に、やわらかな美鈴のお尻が乗っていた。

「おいおい、僕のアレ、刺激してくるなよ。どんどんいい気持になるだろ」

「うふふ、うふふふ」

腹筋を揺らせて笑いながら、美鈴はお尻をゆるやかに揺らしてペニスを刺激してきた。二つのお尻の丸みを使って、上下と左右にゆっくりと。

「そんなイタズラッ娘にはお仕置きだ」

片手で軽く美鈴の上半身を持ち上げ、残る手でこっそりペニスを立てた。

「あんっ⁉ やぁん！」

美鈴が、じつに彼女らしい声で声をあげた。立てたペニスの先を、美鈴のお尻の穴あたりに当て、軽く美鈴の上半身を落としたのだ。むろん、入るはずなどないが、お尻の神経は敏感だ。

「美鈴のコーモンに入っちゃうところだったな」

美鈴は返事をしない。女性にとって、肛門は性器よりも恥ずかしい場所だろう。

「間違えちゃ、ダメ……」

ペニスの先を正しく性器に導こうとするように、美鈴は腰だけをモゾモゾ動かし、お尻を後ろに下げた。ペニスの先は正確に開きかけた性器に触れていた。

(いいポジションだけど、お風呂はやっぱり狭いな)

そう思ってから、心の中で慌てて頭を振った。

(いや、美鈴に挿入はしないけど)

自分自身で出している結論に、正直、自信が持てないでいる。

二つの性器は触れ合っているが、広い浴槽とはいえ、さすがにセックスが容易なつくりではない。さらに、双方浴槽に半分もたれかかっている体勢なのだ。美鈴がもっと手練《てだ》れた女性なら工夫もするだろうが、そこは未経験の小学生なのだ。

「……省吾のアレと、私のアソコ、くっついてるね」

言わずもがなのことを、やや低い声で言う。

「うふふ、キスしてるみたい」

「キスじゃないぞ。僕のコレが、美鈴のアソコに完全に呑み込まれちゃうんだ。根元まですっかりな」

「…………」

アレ、コレ、アソコ、など指示代名詞ばかりだが、女子小学生の心情を慮《おもんぱか》って、チ×ポ、オマ×コなどの露悪的な表現は避けた。

「ねえ、ちょっとだけ、試してみない？　うふふ」

つくり笑いが、はっきりわかった。かなり緊張しているのが、密着している背中からも伝わってくる。

「ダメだ。法律がどうの以前に、美鈴が壊れちゃうぞ。まだ子供なんだ」

「でも……！」

でも、と勢い込んで反論しようとして、急速に途切れた。遠慮のない美鈴にしては珍しい。

「でも、なんだ？」

「……でも、わたしだって、子供っていうほど子供じゃないよ。その……生理だってあるし……」

なるほど、それは言いにくい。

そこはあえて軽く触れ、少女を諭す。

「生理があったって、すぐに大人みたいなダイナミックなセックスができるわけじゃない。僕の大きくなったアレ、見ただろ？　あんなものが根元まで美鈴のココに入ると思うか？　先っぽが喉まで届いちゃうぞ」

省吾はそっと指で、美鈴の性器に触れた。

お湯でさらにやわらかさを増したように感じた。

「ココが、僕のアレに合わせてぱっくり開くんだぞ」

性器の縦線を撫でながら、ちょっとお説教口調で言う。

(僕、世界一の卑怯者だ……)

引き返すよう説得しながら、いっぽうで性器に刺激を与え、ぬかるみにハマらせようとしている。

お湯の中で、美鈴の手が省吾の手をつかんだ。

「省吾の手で……ちょっと、練習したら……」

それこそ、お湯にのぼせたような声で言った。

中指と薬指を合わせ、陰唇に横に並べた。

「僕の指が二本いっぺんに入れば大丈夫だと思う」

「…………」

二本の指先にかすかに力を入れ、陰唇を押した。

「ここだろ、ここが美鈴の女の子の入り口」

「…………」

指先は正確に膣口を見つけた。信じられないことに、難なく入っていきそうな感触があった。

「あっ……あんっ、いやっ……」

美鈴が声をあげ、省吾の手をつかんだ。

恐怖と羞恥の限界の声だと思ったが、ちがった。

「……指なんか、いや」

そうして、なんと腹筋を揺らして少し笑ったのだ。

「うふふ、なんとなく入るのはわかった。ね、名案を思いついたんだけど」

「名案？」

子供の名案は、だいたいがロクでもないものだが……。

「省吾のソレ、ほんとに試してみたい。で、ダメなら引き返すの。どう？」

なんとか振り返りながら、美鈴らしいイタズラっぽい笑みが浮かんでいる。

「僕が途中でコーフンしちゃって、嫌がる美鈴に、そのまま無理やりセックスしちゃったどうする？」

「省吾はそんなことしないよ」

えらく信用されたものだ。

「考えるのも怖いけど、美鈴のココ、ケガをして、美鈴のママに知られたりしたら」

パートの石城の顔が浮かぶ……。

だが美鈴は一瞬考えて、今度は別種の笑みを浮かべて振り返った。

「でも、それもいいかも」

「ん？」

さすがに耳を疑った。

「うちのママ、前に言ってたもの。『省吾さんがもう五歳若くて、美鈴がもう五歳上だったら釣り合いが取れたのに』って」

「………」

「省吾、お金はあるんでしょう？　いちおう副社長らしいし、すごい大学も出てるんだよね？」

省吾は東京文京区にある、日本一有名な大学の経済学部を出ている。つまりパートの石城は、控えめでささやかで慎《つつ》ましい玉の輿《こし》を狙っているということか。

「お前が二十歳になったら、僕は三十三歳だな」

「あは、さすがにオジサンだね」

だが、明瞭《めいりょう》に拒絶するトーンでもない。

愚かしいことに、つかの間、この家で美鈴と築く家庭を想像してしまった。

省吾は美鈴の頭頂部に、チュッ、とキスをした。

「ちょっとだけ、セックスの練習してみるか？」

「うん。うふふ」

ゆっくりと浴槽から身を起こした。持ち上げられるかたちで、美鈴も立ち上がる。

「どうやるの？」

省吾はバスチェアに腰掛けた。

「そのバスチェア、ヘンな形だね。割れてる」

いわゆるスケベ椅子だった。前から見たら凹型になっていて、あいだから女性器や男性器を座らせたまま愛撫できるエログッズだ。この家をつくった当初、別の成人女性と付き合っていて、そのときに購入したものだった。

だがそれを、美鈴に説明する必要はない。

「美鈴、僕の膝の上に乗って。こっち向きに」

省吾は両手を広げた。スケベ椅子に脚を広げて座り、その両足の上に美鈴を跨《また》がせるのだ。腰掛けているが、いわゆる駅弁スタイルだ。

「省吾のふともも、ちょっとすね毛生えてる……」

「美鈴のはツルツルだ」

「やん、スケベ」

美鈴を乗せた足を少し広げた。美鈴も脚が開くことになり、クランクのように二人の上半身が近づく。

「うふん、省吾ぉ……」

美鈴が抱きついてきた。少女の身体は熱くてやわらかかった。

「じゃあ、コレを美鈴のアソコにくっつけるぞ」

省吾につられて美鈴も見おろす。勃起男根は上を向き、美鈴の陰唇は脚を開いた姿勢のために一センチほど開いていた。

その体勢のままつま先立ちをすると、ふとももに乗った美鈴が、ジャッキアップのように五センチほど持ち上がった。

屹立したペニスの先を、美鈴の性器に触れさせる。硬い男根はなかなか言うことを聞かないが、腰を引き、なんとか結合直前まで準備できた。

「……わたしが腰を落としたら、省吾のアレ、入っちゃうかな」

美鈴もふとももを突っ張って、自分の上半身を浮かしていた。

「そうだな。僕のチ×ポと美鈴のアソコがキスしてる。お望みどおりだ。これで引き返すか？」

「ん……ちょっとだけ、試してみたい。ちょっとだけ……」

省吾の肩に両手を置き、下を見たまま美鈴が言った。高所の怖れと戦う登山初心者のようだ。

「生理があっても、まだ大人の女性の身体にはなってない。痛かったら言うんだぞ」

抱きしめた身体をいくぶん持ち上げるようにしながら、省吾はゆっくり言った。

「うん。ゆっくり、お願い……」

極めて慎重に、腕の力をゆるめ、美鈴の上半身を下げていった。

「あっ……ああっ！」

「痛いか？」

「……大丈夫。ゆっくり……」

一瞬だけ顔をしかめたが、美鈴は続ける意思を示した。

亀頭の丸みに圧がかかった。やわらかくて熱く、ヌメリのある壺に半分だけ収まったような感触だ。

「見ろ、チ×ポの先の丸いところ、もうほとんど入ってる」

「…………」

美鈴は返事をしない。浅くて速い呼吸音が至近距離から聞こえるだけだ。

亀頭は開いた膣口に完全に収まり、なおも信じられないぐらいゆっくりと埋没《まいぼつ》を続けていった。

「んっ⁉　いたっ……！」

美鈴が高い声をあげ、顔を強くしかめた。

省吾は反射的に動きをとめ、美鈴のわき腹をしっかりつかんだ。

「痛いか？　引き抜こう」

「待って……」

美鈴は顔をしかめたまま小さく言った。

「……いけると、思う。このまま、もっと……」

表情が徐々にやわらいでいった。

見おろすと、ペニスは三分の一ほどが、美鈴の膣に入っていた。

「……美鈴、よく見ろ、血が出てるぞ」

じつに時間をかけて、美鈴は視線を下に落とした。しかし思っていたほど動揺はしなかった。

「……いいよ。いける。このまま、ゆっくり、挿《い》れて……」

挿れて、が生々しい。声圧のない女子小学生の声で言われると、犯罪行為をしている実感が強く湧いてくる。

（処女膜を破った痛みか……）

美鈴もそれをわかって、あまり動揺しなかったのか。

（それに、生理があれば、股間からの血液は目に慣れてるか……）

年齢差のほか、そもそもの男女のちがいを意識してしまう。

薄氷《はくひょう》を踏む想いで、再び美鈴の上半身を落としていく。

美鈴の表情と、股間の結合部に細心の注意を払った。

美鈴は浅くて細かい息をしていた。

「どうだ？」

「……痛みはないわ。ただ……」

「ただ？」

「イブツ感がすごい……身体の中に、わたしじゃないものが入ってる……」

「気持ちいいか？」

「……わかんない。ゾクゾクするけど」

抱いている熱い身体が、小刻みに震えていた。声もそれとわからないほど震えている。怖れと、気持ちよさもあるのだろうか。

「まだ挿れていっても大丈夫か？」

「ん。最後まで、いけると、思う……」

言葉を切りながら、小さく早口で言った。性器以外のところに意識を向けたくないようだ。目は閉じており、口は薄く開いている。よく見ると瞼も震えていた。

少女の上半身を、それこそ一ミリ刻みで自分自身に落としていった。

「んんっ、あっ……あんっ、ああんっ……」

喉の奥から、つらそうな声を出した。痛みに耐えているようでもあり、女性が性の悦《よろこ》びを享受《きょうじゅ》しているようでもあった。

引いていた腰をゆっくりと前に突き出し、やがて勃起男根は美鈴の中に完全に埋没した。

「美鈴、入ったよ、全部……」

「…………」

美鈴はゆっくりと強く、省吾を抱きしめてきた。

「痛いか？」

美鈴はなにかを言おうとしたが、声が出ず、熱い息が少し漏れただけだった。

「ごめん、ゆっくり抜くから……」

だが、強く省吾を抱きしめたまま、美鈴はゆるゆると首を横に振った。

「ダメ……」

そうして目を開くと、少し抱擁《ほうよう》をゆるめ、子供らしい笑みを浮かべた。

「ほら……最後まで、できたじゃない。うふっ……あっ！」

わずかに身体が揺れただけで性器が過剰に反応するようで、笑いかけた美鈴はすぐに顔をしかめた。

「すごいね、わたしたち、せっくす、してる……うふふ」

言い慣れない言葉の発音がおかしかった。キャパを越える感覚が身体を駆け巡っているはずなのに、達成感と幸福感が可愛らしい顔に満ち満ちていた。

「……省吾は、どうなの？」

抱擁を解き、美鈴は省吾の両肩に触れて、正面に向き合った。

「僕も、気持ちいいよ。美鈴の中で、すごく締め付けられて……」

美鈴は結合している二人の股間を見おろした。

乳房がほとんどなく、肩幅も小さな子供に完全挿入している。ビジュアルの犯罪臭がすさまじい。

「省吾のアレ、わたしのおへそのすぐ下ぐらいまで来てるね……」

不思議そうにつぶやきながら、ふと不安そうに省吾を見た。

「でも、これで抜いちゃったら……したことに、ならないんだよね？」

「……射精のことを言ってるのか？」

ダイレクトに訊くと、美鈴は恥ずかしそうに笑みを浮かべ、かすかにうなずいた。

(美鈴の中に、射精……まだ小学生の女の子に、中出し……？)

騒々しい四年生の美少女だった二年前を思い出す。美しい女性になりつつある美鈴に性器結合し、吐精を求められている。

ある種の感慨とともに、背筋が寒くなるのを覚えた。

(パートの石城さんは、僕と美鈴の年齢差を残念がってる……でも)

十三歳の年齢差は、今日び珍しくないかもしれない。

だが、そこまで考えて、心の中で慌てて頭を振った。

(小学生とセックス、どんな理由があっても犯罪だ。それも重罪だ)

美鈴は薄く笑みを浮かべたまま、省吾の回答を待っていた。望む答えが返ってくることを、まったく疑問に思っていない笑みだった。

「でも美鈴、いまでもキツいんだろう？　射精までするとなると、僕はすごく激しく動かなくちゃいけないいんだ」

そして省吾の口から出たのは、中座ではなく、美鈴の意思確認だった。

「いいよ。痛いわけじゃないから。どっちみちいつか経験することだし」

笑みを絶やさずに美鈴は即答した。

「じゃあ……ちょっと動いてみる。ダメそうだったら、すぐに言うんだぞ」

「うん。ダメそうでも言わないかも。うふふ」

緊迫した低い声で、それでも美鈴らしい軽口が出た。

美鈴を抱きしめ、いくぶん持ち上げ気味にする。そうして自分自身の腰を引いた。

「あん、省吾のが、抜けちゃう……」

親とはぐれた子供のような不安な声だった。

「大丈夫……」

今度は腕の力を抜き、美鈴の上半身をゆっくり落とす。自分は腰を前に出す。

「んあっ……あんっ、あはっ……省吾、また入ったぁ」

「これを、繰り返すんだ。我慢できそうか？」

相手に我慢を強《し》いるようなセックスは、ただのレイプだと考えている。にもかかわらず、自分がそんな言葉を口にしたことに、女児との性交と合わせて、いくつものタブーを犯していることを実感した。

「だ……だいじょうぶ、だよ」

だが美鈴は、安心しきった声で答えた。ただし、声は割れ、眉間にはしわが寄っている。まなざしはツラそうなのに、口元にはどこかしまらない笑みが浮かんでいた。小学生が決して浮かべてはいけない表情だ。

「あんっ、んああっ……ああんっ、いやっ……あああんっ！」

挿れて、出す。姿勢のせいで通常の正常位より動きにくいが、次第にコツがつかめてきた。つかんでいる身体が軽いのは助かるものの、フニャフニャと頼りないのが難点だった。

「ああっ……なんか、身体が、痺《しび》れてるっ……」

口元の笑みが消え、三角に開いた口からは、甘くて湿っぽい吐息が漏れ、省吾の顔にかかった。上下の動きに一拍遅れて、ポニーテールの髪が不規則に揺れている。

（不思議な眺めだ。おっぱいの揺れがないからか……）

この体勢のセックスで、当然あるはずの乳房のダイナミックな揺れがない。男児と変わらない平坦な胸が、上半身と同じ動きをしているだけだ。

美鈴のわき腹をつかんだ。

美鈴も省吾を腕ごとつかんだ。

「美鈴、そうだ、うまいぞ……」

美鈴もふとももを使い、省吾の動きにシンクロさせていた。

美鈴は目を閉じたまま、上下に揺れながら小さく笑った。

「どうだ、美鈴？」

「ん、気持ちいい……」

荒げた呼吸の合間から、美鈴が頼りない声で答えた。

「手が……指先まで痺れてるの……これが、せっくすなの……？」

「そう、これがセックスだ。大人たちがこっそり夢中になるの、わかるだろ」

美鈴は声に出さずに笑った。

「このまま、ずっと、こうしていたい……」

とろけるような声で言った。

しかし、ちょっと不安そうに目を開いた。

「省吾は、どうなの？　まだ、いい気持になってないの？」

射精はまだか、という意味もあるだろう。

「僕もすごく気持ちいいよ……射精するために、ちょっと激しく動いてみるぞ？」

男性の生理を知らない美鈴に、そう訊いた。

美鈴を少し持ち上げたまま、できるだけ腰を使った。自分も座っているのでやりにくいが、そもそもこのプレイ自体が初めてだ。

（ふつうの大人の女性だったら、僕はこれで射精は無理だな……）

軽い女子小学生だからできたプレイ。省吾は自嘲《じちょう》気味に歪《ゆが》んだ笑みを浮かべた。

「あんっ、ああんっ！　省吾が、ツキツキしてくる……！」

口を薄く三角に開け、悲しそうに目を閉じた。

「美鈴のアソコ、すごくいいっ！　最高に締め付けてるっ」

だがそれは、美鈴に負担が大きいということではないか。叫んでから不安になった。

「お前はどうなんだ？　大丈夫か」

「んだっ」と意味不明の言葉を叫び、上下に揺れたまま一瞬言葉が途切れた。

「だっ……だからっ、ヘンな感じっ、なのっ！　身体じゅうが、ビリビリしててっ！」

初めて受ける体感覚を表す、適当な語彙《ごい》を持ち合わせないのだろう、知っている言葉を途切れとぎれにつないでいる。

腰の動きをゆるめないまま、美鈴の上半身を強く抱きしめた。

胸厚のない華奢な身体は、冗談のように軽く、質量がなかった。

「あんっ⁉　ひあっ……んああっ⁉　あああんっ！」

美鈴が一オクターブ高い緊迫した声をあげた。小さな肩や細い首に、不規則で無駄な力が入っている。なにか異変が起こったか？

「いやあっ！　しょ……ああっ！　こわっ……壊れちゃうぅぅ！」

耳元で高い声をあげられ、鼓膜がビリビリ震えた。

（美鈴、もしかして、イッたのか？）

ランドセルを背負う年齢の女子小学生に、アクメを迎えさせてしまった。

そう思った瞬間、省吾にも射精の痙攣《けいれん》反射が起こった。

「ああっ！　美鈴っ、出るっ、出るっ！　あああっ！」

華奢な熱い上半身を抱きしめながら、省吾も絶叫し、激しく射精した。

最初の一撃目を放った瞬間、喉元まで達したかのように、美鈴は上を向いた。

十回近く、幼い膣の中に精を解き放った。不自然でやりにくい体勢にもかかわらず、充実した射精だった。

「美鈴、いっぱい、出た……」

苦しそうにゆがめていた顔に、見つめているうちに笑みが浮かんだ。

「……省吾のが、中に来たのがわかった。ビュッ、ビュッ、て……」

息が整わないまま、美鈴は満面に笑みを浮かべ、省吾に抱きついてきた。力の入らない、甘えるようなしがみつき方だった。

「わたしの中で、省吾のが混ざってるのがわかる……省吾の一部が、わたしになってるんだよ」

感慨にむせぶような、高くかすれた声だった。

「これが、セックスなんだ……」

「感動した？」

「うん。すごく。毎日省吾と、したい……」

うれしくて困った願望を口にした。

見つめ合い、短いキスをした。

両腕ごと抱き、無乳の乳首にもキスをした。

「やぁん……」

美鈴は肩をすくめた。そのために上半身がひどく小さく見える。相対的に顔が大きく見えるが、子供とは頭でっかちなものだ。スタイルのいい小学生美少女だが、折にふれてまだ子供なのだと痛感する。

「抜くぞ」

「んんっ……！」

軽い身体を持ち上げ、ペニスを引いていくと、美鈴は目を閉じてつかの間苦悶《くもん》の表情を浮かべた。抜け去るとき「んあっ」と短い声をあげた。

「へえ……こんなのが私の中に入ってたんだ」

ペニスを見て、どこかひとごとのように、不思議そうに美鈴がつぶやいた。

「痛みはないんだな？」

「ない。ウズウズしてるけど」

だが自分のふとももから下ろし、立たせると、途端に美鈴はへっぴり腰になり、股間を軽く押さえた。

「うふ、なんか、まだ省吾のが入ってるみたい……」

性器を押さえて不安そうに笑う表情と仕草が可愛らしかった。

性器周りには、量は多くないが、処女破瓜《はか》の赤い血がついていた。

「僕たち男は、そんなところに血がついてるのを見ると、ドキドキするよ」

「ん。わたしたちは慣れてるから」

美鈴が全女性を代表して答えた。

「そうだ、お前の服、洗濯して乾かさないとな。そのあいだどうする？　コスプレのどれかを着るか？」

「んー、コスプレはまた今度でいいかな。省吾の服、貸してくれない？」

「いいけど……パンツもか？」

「そう、パンツも。うふふ、それってサイコーにヘンタイなコスプレだよ」

自分のアイデアが気に入ったのか、美鈴は腹筋を揺らして笑った。

美鈴の下着と小学校の制服を洗濯機に入れ、スイッチを入れた。

「僕のパンツ、ボクサーブリーフだ。好きなのを選べ」

美鈴が選んだのは、黒いゴムのフチのついた、グレーのブリーフだった。

「……そんなにブカブカじゃないね。わりとぴったり」

腰回りは満足したようだ。だが股間を見て、口に手を当て、「うふふ」と含み笑いを漏らした。

「ここ、スペースが余ってる」

男性器を収めるスペースが、頼りなく余っていた。

美鈴は股間に手を当てたまま、上半身を後ろに反らせた。

「男子っていいなあ。このままおしっこできるもん」

「今度それ穿いて美鈴もやってみような」

「うん」

まさかの即答。

シャツも着せ、洗濯済みの省吾のパジャマを着せた。

「コスプレを試しにきたのに、ヘンなことになっちゃったな」

「うふ、いいじゃん。裸って、サイコーにエッチなコスプレだよ」

悔しいことに、ちょっと納得してしまった。

「それと、僕の先輩の、例の離島の洋館に行く件だけどさ」

ひと息ついたところで切り出した。

児島の所有する洋館に試験泊する日取りは、一週間後に迫っていた。

すでに美鈴と花音に話し、それぞれの両親にも了解を取ってあった。

「美鈴と花音の知らない女の子、仲よくしてやってくれよな」

「わたしと花音と省吾で遊んで、その子には一人でぬり絵でもしててもらお」

「なんでそんなイジワル言うんだ」

「じゃあ、わたしと省吾が遊んで、花音とその子にしりとりしてもらうのは？」

こちらも波乱含みを予感させた。

第四章　初めての制服射精

（今日のシフトは、西田さんと入れ替わりで大学生の女の子か……）

信号を守り、横断歩道を渡る。外を歩くとき、基本的な社会通念は守っているが、どちらかというと省吾は考え事をしながら歩くほうだ。歩きスマホはやらないが、周囲への注意は緩慢《かんまん》になりがちだった。

広い歩道を歩いているとき、向かいから自転車が二台来た。視界に入ったとき、無意識に身体を少しよけたが、自転車の一台はまっすぐ自分に向かっていた。

反射的に身をかわした。自転車もブレーキを踏んでとまった。

「省吾さん、ぼんやり歩いてたら危ないよ」

自転車に乗っていたのは花音だった。満面に笑みを浮かべている。

「花音！　危ないでしょう」

もう一台は、いま仕事をアップしたばかりらしい母親の西田さんだった。

「大丈夫だよ。まだ一メートルぐらい余裕あるじゃない」

「なにが一メートルですか」と言いながら、省吾に向き直り、謝った。

「すみません、お店でもご自宅でも道端でも、うちのおバカがご迷惑をかけて」

「それはいいんですが、なんで……？」

西田さんが仕事を終えて帰るところなのはわかる。だが花音は、まだ小学校の制服だった。なぜ自転車に乗っている？　なぜいっしょにいる？

「店長がおっしゃってた個人情報の書類、この子に頼んだんです。学校から帰ったら持ってきてって」

「あんなもの、月末までなら大丈夫なのに」

「気になっちゃって。ちゃんとお店の金庫に入れておきましたから」

「ねえ、ママ、このまま省吾さんと遊んでていい？」

雇用主とパートのあいだに娘が割り込んできた。

「ダメよ、ご迷惑でしょう」

「いいじゃない。ほら、省吾さん、お友だちがほしそうな寂しそうな顔してる」

つられた母親に、そうなんですか、みたいな顔で見られた。

「僕はかまいませんよ。おしとやかで気が利くし、仕事の邪魔はしないし」

母親の西田さんは、他人事のように笑い声をあげた。

「ママとお買い物行くより、店長と遊ぶほうが楽しいの？」

「んふふ、また今度ママとデートするから」

母親と別れ、省吾と花音は向きを変えた。

「美鈴はいっしょじゃないんだな？」

「そりゃ、五年生と六年生だもん。いつも待ち合わせてるわけじゃないし。今日は美鈴は塾だよ、たしか」

隣に並んで歩く花音の頭頂部を見た。

こぶしひとつ分ぐらい、美鈴より背が低く、全体的なボリュームもひと回り小さい。

黄色い学帽と赤いランドセルは家に置いてきたらしい。真横から見ると、首から腰までゆるくSのラインを描いていて、将来《おうらい》のスタイルのよさを暗示していた。

省吾の家の前までくると、花音は往来の邪魔にならないように自転車を停めた。

「ここ、あたしたちの自転車置き場がほしいな」

子供らしい勝手を言う。

「早く入れ。あんまり小学生の女の子が出入りしているところを見られたくない」

「んふふ、そうやってキョロキョロしながら、あたしを急《せ》かして中へ入れようとするの、たぶんすごく怪しいよ」

顔を上げず、まなざしだけを省吾に向けた。可愛らしいアヒル口の笑みが小憎らしい。大人に媚《こ》びるような仕草にも見え、男性をからかう小悪魔のようにも見える。

花音に続き、手洗いとうがいをした。感冒《かんぼう》予防もあるが、飲食業なので以前からキチンと身に付いていた習慣だ。

「そうだ、今度僕の先輩の離島に行く件だけど、君たちの知らない子、桃香ちゃんと仲よくしてくれよな」

タオルで手を拭きながら、省吾は美鈴にも言ったことを念押しした。

「あたしたち三人で遊ぶから、その子には一人で逆上がりでもしててもらおうよ」

「こら、なんでお前までイジワル言うんだ」

「んふ、じゃああたしと省吾さんで遊んで、美鈴とその子であやとりでもしててもらうとか」

先行きに不安を覚えた。それを察したのか、花音は、らしくないフォローをした。

「冗談だよ。あたしたち、そんな意地悪じゃないよ。あたしや美鈴のほうが独りだったら、そんなことされたくないもん」

まあ、健全な対応に期待しよう。

短い廊下を走り、先に省吾の部屋に入った。

(足音も、なんとなく美鈴より軽い……)

「この椅子、大きい。なんかエラソーだね」

省吾のデスクの椅子は、ひじ掛けのある大型のものだ。奮発して高価なものを買っていた。その椅子のひじ掛けに、細い両腕を乗せ、それこそエラソーに座っていた。

「なに勝手に玉座《ぎょくざ》に座ってるんだ」

「ギョクザってなに？」

「王様の座る椅子」

子供相手にウィットやツイストは効きにくい。説明が必要では笑いにならない。

「電車に乗った小さな子供みたいだな。脚が下まで届いてないぞ」

浅く腰掛けているのに、膝から先は斜め下にぶら下がっているだけだ。

「そんなこと言ってぇ」

顎を引き、上目づかいに妖しく笑った。アヒル口がいい仕事をしている。

「本当は、あたくしのパンツをご覧になりたいのでしょう？」

「なに……なに言ってんだ」

予期していなかったので驚き、慌てた。おかげでよけいに怪しさが増した。

「無理なさらなくてもよろしくてよ。ほら……」

花音は両方の膝を上げ、踵を椅子の座面に乗せた。膝を両手で抱き、椅子の上で体育座りをしている格好だ。細いふとももののあいだに、白いパンツが曲線で描いたHの字になっていた。

「こらこら、小学生のくせに、ピュアな中年男性をからかうんじゃない」

冗談めかして言ったが、花音は顎を引いたまま、ちょっと小首をかしげて笑った。

腹が立つぐらいコケティッシュで可愛らしい所作だった。

「……美鈴と、ヘンなことしたんだって？」

驚きに息がとまったが、予期していないわけではなかった。

「美鈴がしゃべったのか？　その……」

「うん。全部。んふふ、大丈夫だよ、あたしと美鈴と、省吾さんだけの秘密」

そう言って、アヒル口の前で小さな人差し指を立てた。

「……で、そんな危ないヘンタイ男と二人だけの部屋で、パンツを見せてるわけだ」

「キャー、こわい」

花音は両膝を強く抱き、満面に笑みを浮かべてワザとらしく言った。

「美鈴は、どんなふうに言ってたんだ？」

秘密保持とともに、女性パートナーの反応が気になる男性視点もあった。

「よくわかんないの」

「わからない？」

「すごかった、よかった、しか言わないの。なにがすごかったのか、どうよかったのか、ぜんぜんわかんなかった。思い出して一人でコーフンしてて、ちょっとシラケちゃった」

性的興奮を表す語彙や概念がないからだ。

「で、そんな話を聞いて、花音はどうしたいんだ？」

「うふん、あたしのパンツを見て、省吾さんはどうしたい？」

「べつに。風邪をひくぞ、としか」

「もう！　ウソ」

「あのなあ、美鈴にも言ったけど――」

「あー、それも聞いた。バレたら省吾さん、すごいことになるんだよね。離れ小島の監獄に入れられて、毎日ムチを打たれる」

「…………」

まあ、厳しい社会制裁が待っていることはわかっているらしい。

「ここで大切なポイントが二点あります」

花音はVサインを省吾に突き出した。三角座りの脚は弛緩《しかん》し、ゆるいパンツがはっきり見えている。

「ひとつは、あたしと美鈴が黙ってたら、誰にもわからないこと。もうひとつは、重い罪っていうけど、ヒガイシャがいないこと」

被害者という言葉を、花音が日常的に使えるとは思えない。

(もしかすると、美鈴の入れ知恵か？　いろいろ二人で示し合わせてるんじゃないか……)

ひとつ大きな息をし、噛んで含めるように慎重に言った。

「花音の大切なところが傷ついたら、立派な被害者だよ。美鈴は、たまたまうまくいっただけなんだ。それに花音はまだ、五年生だろ」

「あたくしだって」

「……生理はありますわ」

花音は初めて恥ずかしそうに目を逸らした。

無理にセレブ言葉を使うところがいじらしい。女子小学生に求められないエロさがあった。

「でも身体は大人になりきってない」

「そこで美鈴のアイデア」

「ん？」

花音はパッと顔を上げ、笑みを浮かべていた。

「ちょっと試して、ダメそうならやめるの。あたしだって、痛いのはイヤだもん」

「…………」

強い既視感を覚えつつ、省吾はすぐに次の手が浮かばなかった。

「じゃあ、大人の階段をちょっと登ってみるか」

開き直って言った。花音はニンマリと子供らしい笑みを浮かべた。

「んふふ、一段飛ばしで駆け登るから！」

「どうする？　美鈴みたいにお風呂に行くか？」

自分の罪状がどんどん重くなるのを実感しながら、内心でため息をつく。

「んー、それじゃ美鈴のマネしてるみたいだし……なんかほかの方法ない？」

「未踏《みとう》の難壁を見つけたがるクライマーみたいだな」

「ミトーのナンへキって？」

「なんでもない」

花音の声が、いつもよりも少し高いことに気づいた。アヒル口を開いた笑顔は可愛らしいが、いつもより引きつっているように見える。

（楽しみでワクワク……だけじゃないんだ。やっぱり恥ずかしいし、緊張してる。怖さもあるんだろうな）

省吾は花音と椅子を替わり、座ってから両手を差し出した。

「いきなり裸も抵抗があるだろ。二人で立って脱ぎはじめるのも芸がないし」

これだけの近さなのに、省吾は花音を手招きした。

「僕の上に乗ってきな」

浴室での体位を美鈴から聞いているのか、花音はためらわずに駅弁スタイルで乗ってこようとした。

「あー、向かい合わせじゃない、普通に乗るんだ。僕を椅子だと思って」

大腿の上に乗ってきた花音は、不安になるほど軽かった。

（身長差ばかりじゃないな。美鈴よりもずいぶん軽い……）

「んふふふ、小っちゃいころを思い出すわ。パパの膝の上でよく邪魔したもん」

「小っちゃいころって、まだ十一歳だろうが」

　頭頂部の黒い髪の照り返しが美しい。美鈴は全体のバランスが取れた美少女だが、花音は生来《せいらい》の小顔なのが、まっすぐ上から見下ろしてもわかる。

　小学校の制服からは、独特の子供の埃っぽい匂いがしていた。

「ほら、シートベルトしてやろう」

　後ろからそっと抱きかかえた。美鈴にも風呂でやったエロアクションだ。

　身長だけでなく、全体的な質量のなさが強く印象に残る。自分の腕から、これはまだ抱いてはいけない年齢の子、という警告が聞こえてきそうだ。

「んふ、やぁだ。エッチなシートベルト。車に乗るたび、思い出しそう」

　コロコロと喉で笑う声が可愛らしい。

「失礼を承知で訊いてもいいかな？」

「なにかしら？」

　一オクターブ高いセレブ口調。気取っているのではなく、どこか自己防衛もあるかもしれない。

「花音、おっぱいちょっとふくらんでる？」

　これまでまじまじと見つめたことはなかったが、私服でも小学校の制服でも、美鈴より背は低いのに、花音に胸のふくらみが出てきたような気がしていた。

ものの数秒ほど、花音は返事をしなかった。絶句ののち、慎重にレスポンスを選択しているのか。

「ご自分で確認なさっては？」

緊張と羞恥は小さくないはずなのに、あっぱれな口調だった。

背後から両手のひらを腹に当てた。もう少し子供らしくポッコリしているかと思ったが、あんがい引き締まっており、張りがあった。

（吊りスカートのストラップが邪魔だな……）

どんな動きをしても、小学生に悪さをしている実感が頭を去らない。

腹に置いた手のひらを、ゆっくり上げていく。

手で覆うほどもなく、そろえた指だけで包めるほどだが、ふくらみはあった。

制服の白いブラウスは化繊ではなく綿のようだ。その下にアンダーシャツらしい感触がある。

「花音、スポーツブラはしないの？」

さりげない口調で、美鈴のいう「超セクハラ質問」をしてみた。

「……持ってるけど、あんまり着けない」

「面倒だから？」

「それもあるけど……胸が大きく見えるから、からかわれちゃうの。透けちゃうし」

プリント技術の向上で、曲面の多いデリケートな下着にも、複雑なデザインや色彩のものが増えた。小学生の白い制服なら容易に透けるのだろう。

「胸が大きく見える？　なんで」

「あれ、パッドがすごく厚くてふんわりしてるの」

そうなのか、と省吾は思う。

「ふうん……勉強になるよ。女子小学生の下着事情に詳しくなりそうだ」

「おめでと。変態博士の誕生だね」

言ってくれる。

白いブラウスとアンダーシャツの上から、デリケートなふくらみを覆っていた手のひらに、少し力を入れた。

「あ……あんまり強くしちゃ、いや……」

素の声で花音は不安を漏らした。もともと花音のほうが地声はやや低い。

「大丈夫、強くつかんだりしないよ。僕も大人だ。女の人と経験はあるし」

「……何人ぐらい？」

不安を隠せない声で訊いてきた。

「さあ、六人ぐらいか。もちろん最年少は美鈴だけどな。ほかは大人の女性だよ」

「あは、じゃあ、あたしで記録更新だね。あたし、五年生だもん」

声が引き攣《つ》っている。

かすかな乳房は、つきたてのお餅よりもやわらかかった。表層に指を滑らせると、乳房がへこむ前に、ブラウスの繊維のざらつきが指から伝わってくる。

「花音、答えなくてもいいけど、おっぱいの先、ちょっとコリコリしてきてる？」

「…………」

優しく意地悪く訊いたが、花音は省吾の用意した逃げ道どおり、答えない。

「花音の身体、じんわりあったかくなってるぞ」

「あん……省吾さんの体温が、移ってるの……」

声が不安に割れていた。大腿の上に乗っている小さなお尻とふとももからも緊張が伝わってくる。

表情はわからないが、どんな顔をしているのかは容易に想像がついた。目を閉じ、顎を出し、薄く開いた口から浅い息をしているにちがいない。

「花音、正直、どんな気持ちだい？」

「わかんない……こんなことされたの、初めてだから」

「怖いんなら、すぐにやめるよ？」

乳房に当てていた手のひらを、少し浮かせた。

「いいの」

弱々しい声だが、花音はすぐに言い、自分の手で省吾の手を重ね、胸に戻した。

「気持ちいいんだけど、ちょっと怖い、そうだろ？」

「………」

自分の声はさぞいやらしいんだろうな、と思った。

手のひらを下げ、ヒダヒダの吊りスカートから伸びるふとももに当てた。デリケートな触れ方で、前後にそっと撫でる。

（ふとももが、太く感じる……）

外見にはガリに見えるほど華奢な体形だが、椅子に腰掛けると、ふとももはやや扁平して太くなるものだ。だが多少ボリューミーになっても、全体的な質量不足は否《いな》めない。いたいけな児童にイタズラをしている罪悪感はここでもつきまとう。

両手で花音のふとももを撫でた。

最初は吊りスカートの裾まで、やがてスカートの中に少しずつしのばせていく。

同時に、それとない動きで脚をV字に開かせていった。

(ツルツルでさらさらだ……ほんの少し、産毛《うぶげ》もあるんだな)

ツルツルでさらさら。矛盾の極みだが、そうとしか言えない感触だった。下から上に撫でるとき、きわめてかすかに産毛の抵抗があったのだ。光を浴びて金色に輝く産毛を連想した。

「花音、自分でこんな練習したことはないの？」

オナニーという言葉は使わない。

花音は答えなかったが、なにか言おうとしてやめたことが、頭頂部のわずかな動きでわかった。練習という言葉で、イエスと答えそうになり、慌ててやめたのか。

「自分の部屋にいるときや、お風呂に入ってるとき、自分の手で練習してみるといい。僕の手が触ってると思って」

「んふん、今晩から、やってみようかな……」

回答があるとは思ってなかったので驚いた。

手を伸ばし、両手で膝小僧を丸く撫でた。

(ここは、あんがいザラザラなんだな)

将来のスタイルを頼もしく暗示させる体形なのに、子供っぽい雑さが膝小僧に表れていた。まだガサツで、じっとしていない十一歳の子供なのだと思い出す。

両手を戻し、ふとももをゆっくりと大きく撫でた。

「僕の手、もっと奥に入ってもいいかな?」

やはり返事はない。自分の都合のいい推測は危険だが、息遣いの落ち着きから、早くしろ、という意思の沈黙のように思えた。

吸いつくような小さなふとももを前後に撫でながら、しだいに吊りスカートの奥に入れていった。

手のひらがふとももの一番太いところに達したとき、両手の親指がパンツの裾に触れた。

「花音、ちょっと敏感なところに、触るよ?」

花音の耳元に口を寄せ、ささやいた。

返事がないのは肯定だととらえた。そもそも花音のキャラなら、いくら緊張していようと、イヤなら黙ってはいない。

吊りスカートの中で、片手をお椀にし、じつにソフトに花音の股間に触れた。

「んっ……」

花音は小さく喉声を漏らした。

「花音、イヤじゃなかったら、もっと脚を広げてほしい。そうだ、ここに脚をかけるといい」

椅子のひじ掛けに、両脚を乗せさせた。うまい具合に乗っている。

「これ、すごい……もし脚を椅子に縛られたら、あたし、逃げられないね」

怖れをにじませつつ、花音は笑いながらそんなことを言った。一瞬、省吾はクラシックなSMプレイを連想した。

「そう。それだと、僕が前から花音のアソコにどんなイタズラしたって、逃げられない。脚を開いたまま、頑張るしかない」

「んふふ、怖くて死にそう」

「笑いながら言うセリフか」

ひとコマ漫才で小さく笑ってから、省吾は再び手のひらを花音の股間に当てた。

(花音のオマ×コのふくらみ、美鈴よりも浅い……脚を広げてるからかな)

感触としては、パソコンのマウスよりも浅かった。

軽く触れているだけで、化繊のパンティではなく、コットンだとわかる。

「これ、こないだのパンツといっしょだろ。ちゃんと穿き替えなきゃ」

「ちがうよぉ！　ちゃんと穿き替えてるよ」

地声で否定した。

マウスのホイールを回すように、中指で陰唇あたりをなぞった。

(少し凹んでる……この姿勢だと、子供でも開くんだな)

指先の感覚を信じるなら、陰唇は一センチほど開いているようだ。

「花音、ここ、ちょっとしっとりしてるぞ」

「……恥ずかしい」

花音の声は静かに荒くなっていた。声も寝言のように怪しくなっている。

陰唇の谷に当てた手を、上下に小さく撫でた。

(じっとりしてきた。アソコからエッチなお汁が出てるのか?)

指先を見れば、濡れて光っているかもしれない。

濡れたパンツ越しに、やわらかくて深いくぼみを指先が見つけた。

「花音、ここが、僕のオチ×チンの入るところだよ」

「…………」

残る片手も入れ、パンツの裾をゆっくりめくった。そうして、隙間から手を入れて、直接性器に触れた。

小学校の制服の吊りスカートの中でモゾモゾと動く自分の手。我ながら、目を覆いたくなるほど犯罪的で卑猥な光景だった。

(花音もまだ、毛が生えてない……)

六年生の美鈴もまだなのだから意外には思わない。ふとももの内側と同じく、無毛の「ツルツルでさらさら」の肌の感触があるだけだ。

指先が陰唇の裂け目に触れると、ピチョンと音がするぐらい潤っていた。

花音の手が伸び、省吾の動きを制した。

中止を求めたのかと思ったが、ちがった。

「手なんか、いや……」

夢見るような口調で、花音はそう言った。

「そろそろ、僕のオチ×チンを、試してみたくなったかい?」

じつに三秒ほども時間をかけて、「……うん」と花音は返事をした。

軽い両脚をひじ掛けから下ろしてやると、花音は立ち上がり、吊りスカートを軽くはたいた。

「でも、服を脱ぐのはちょっと……」

躊躇《ちゅうちょ》の理由が意外だった。

「恥ずかしいかい? それとも面倒くさいか」

「メンドくさい。だって、お洗濯とか乾燥とかしたんでしょ？」

なにもかも美鈴から聞いて、そのあたりを大仰《おおぎょう》にとらえているらしい。

そこには触れず、省吾は妥協策を口にした。

「べつに素っ裸にならなくても、セックスはできるよ。アソコとアソコがくっつけばいいんだから。気持ちよさは変わらない」

「できるの？」

「セックスは素っ裸でしなさい、って法律があるわけじゃない。僕はまだやったことないけど」

「んふふ、省吾さんも初めてのことなんだね」

花音はにっこり笑う。妥協策が見つかってよかった、ではなく、一番乗りを喜んだのか。

小さな脚で半歩ずつ近づき、とろけるような笑みを浮かべて省吾に抱きついてきた。

「うふん、優しくしてね」

省吾も抱き返し、きれいにそろった艶やかな黒髪を撫でた。

「僕のベッドへ行くか？」

「んー、ここでもいいけど」

「フローリングで？　固いぞ」

「大丈夫。へいきだよ」

ベッドはすぐそこだ。メンドくさいわけはない。

（本格的な雰囲気が怖いのかな？）

フローリングで仰向けになるなど、大人の感覚では冷たくて固い。しかし軽い子供には、それほど抵抗がないのかもしれない。ベランダの大窓からは午後の陽光《ようこう》が斜めに入っている……。

「んふふ」と省吾を見つめ、口を閉じて笑いながら、花音は床に横になった。

胸で腕を軽く組んだ。なかなかの眠り姫っぷりだ。

「じゃあ、スカートをめくるぞ」

「いやん、恥ずかしい」

仰向けのまま顔を斜め上に向け、目を細めて笑った。

吊りスカートを、お腹の上まですっかりめくり上げた。

指の触感どおり、パンツはコットンだった。白地に原色のギンガムチェックがデザインされている。ナイロンパンティと異なり、色気のないシワの寄ったコットンなのに、つくり自体はビキニパンティに似ていて、小柄ながらスタイルのいい花音によく似合っていた。

「花音、小柄なのにスタイルいいなあ」

「んふふ、ありがとと。知ってたけど」

楽しそうに答えたが、声が不自然に高かった。緊張しているのだ。

「ちょっと脚を広げるぞ」

言いながら花音の両膝を取り、ゆっくりと外側に広げた。

パンツの股間に顔を寄せ、そっと手のひらで包んだ。

「あっ……」

浅いふくらみはやわらかく、ほんのりと湿っぽかった。

「あんまり、強く触っちゃ、いや……」

声がわかりやすく震えている。

「まだパンツだぞ？」

おどけた調子で言ってみたが、花音は返事をしない。

「花音、恥ずかしすぎるか？　イヤならいつでもやめるよ」

花音は返事をするのに二秒ほどためらった。

「ん……だいじょうぶ」

「そうだ、恥ずかしすぎてイヤになったら、右手を上げろ。すぐにやめるから」

「ん、んふふ、わかった。歯医者さんみたいだね」

羞恥と恐れは小さくないはずなのに、どこか高揚《こうよう》感に包まれているようでもあった。

緊張感が高まるとテンションも上がるタイプかもしれない。

(本番に強いタイプかな?)

「本番」のダブルミーニングに気づき、内心で失笑した。

パンツの上から、股間にふくらみに唇をそっと触れさせた。

(ちょっとだけ……おしっこの匂い)

だが、コットン繊維と洗濯洗剤の匂いのほうが強かった。

唇を当てたまま、口をフゴフゴと上下に動かした。

「ああ、やぁん、くすっ……くすぐったい」

身体全体をモゾモゾと動かす。半端に広げた脚を閉じようとしたので、省吾の手が優しく広げた。

顔を横に向け、産毛すらないふとももの内側にも唇を這わせた。

(シルクみたいにサラサラだ……)

摩擦がまったくなく、触れているのか離れているのかもわからないほどだ。ちょっと強く唇を押し、圧を感じて初めて唇から触感が伝わってくる。

「んふふっ、んふっ、あはっ」

ふいに花音は、抑えた笑い声をこぼした。

「くすぐったい。省吾さん、ちょっとおひげ生えてる」

毎朝キチンと剃っているが、午後になって少し伸びたのか。

「ひげ面《づら》じゃなくても、こんなことをやれば、男性のひげを感じることができる。勉強になるだろ」

「うん。あしたのテストに出るかな」

無駄口を利けるあいだは大丈夫だろうと思った。

「パンツ、脱がすぞ」

両手でパンツの腰回りをつかんだ。

花音は返事をしなかったが、少しお尻を浮かしてくれた。ゆっくり脱がしていき、片脚が抜けると、抜き去ることはせず、もう一方の脚のふくらはぎに残しておいた。しわくちゃのコットンパンツが脚に引っかかったさまは、それだけで犯罪臭がプンプンしていた。

「さあ、女の子が一番恥ずかしいところが丸見えだ。引き返すなら今だぞ」

「……まだ、だいじょうぶ。我慢できなかったら、右手あげるから」

「ありゃ冗談だ。歯医者さんは、口が開いてて声が出せないから、手を上げろって言ってるんだよ」

「…………」

くだらない蘊蓄《うんちく》を披露してしまった。

だが、花音の羞恥を一瞬でもよそに逸らす効果はあったようだ。

緊張が途切れた一秒ほどのあいだに、省吾は花音の股間に顔を滑り込ませた。

(恥毛どころか、毛穴もぜんぜんない……)

大陰唇はふとももの内側と同じぐらい、すべすべの見た目だった。色も、肌や顔と同じぐらいあたたかな白色だ。十一年間の人生で、排尿以外の目的で使われたことがないからだ。

舌をスプーンにし、唾液を充分に乗せて、少女の陰唇を下から上に舐めた。

「ああ、ああんっ……」

なめらかだったふとももの内側に、鳥肌が立った。

「花音のココ、やわらかくておいしい……」

世にも危険なヘンタイ発言なのに、花音のレスポンスが奮っていた。

「……美鈴と、どっちがおいしい？」

「美鈴はモンブランとシナモン、花音はイチゴショートとカルダモンの香りだ」

「や・め・て」

一瞬だが腹筋を揺らして笑った。

「花音、もう少しだけ、脚を広げて」

わりとためらいなく、花音は白い足をそっと広げてくれた。

白くふんわりした大陰唇が開き、内奥が一センチほど見えた。

左右には輪ゴムのように薄ピンクの小陰唇が張り付いている。奥は薄暗い濃ピンクで、瑞々しい透明の粘液が反射して照り返していた。

（女の人のアソコ、こんなにはっきりくっきり見たのは初めてだな……）

大人の女性は陰毛に守られていて内奥も複雑だ。日中の光量の多い状況で観察すること自体初めてだった。女児の性器は、そもそもつくりが単純でわかりやすかった。

（この上の……これがクリトリスか。ほんとに小豆《あずき》が入ってるみたいだ）

舌を大きく出し、今度は強く舐めた。舐め上げる直前、クリトリスを包む薄皮を舌先で強く突いた。

「あぁんっ……ああ」

湿り気たっぷりの声をあげた。

美鈴のときも思ったが、よく知っている女児にこんな声を出させていることに、強い罪悪感と背徳感、そして説明しにくい優越感を覚えた。

「どうだ、花音、怖くなってやめたくなったか？」

「……続けて」

かすかに不機嫌さのこもる短い声で答えた。わかってるのに訊くな、という意思に感じた。

遠慮なく舌で性器をむさぼった。できるだけ舌に唾液を乗せ、陰唇の奥を掘削《くっさく》し、左右の小陰唇を上下になぞった。

「あぁっ、いやっ……ああんっ、きもっ……気持ちいいっ！」

小さな身体で、腹の底から押し殺した声を漏らす。

もぞもぞと逃げようとするが、省吾の手がさりげなくそれを許さない。

唇を舐め濡らすと、口を大きく開け、大陰唇全体に口でカパッとふたをした。

「やぁんっ！　アソコ、ぬるぬる……いやっ、舌っ、それ以上……ああんっ！」

少々意味不明の声をあげた。

唇を密着させたまま吸い込み、減圧した。舌を出し、でたらめに舐めていく。

（エッチなお汁、奥からどんどん出てくる……）

ほとんど粘度のない、体温と同じ熱さの淫蜜が奥からにじみ出ていた。

（気持ちよくなって、身体がセックスに備えているのか。五年生なのに……）

「省吾さん、もう……」

花音のつぶやきが上から聞こえてきた。

頭の左右を小さな手でつかまれた。

ゆっくり身を起こすと、不安そうな花音と目が合った。

「お口より、そろそろ……」

笑っているかイタズラを考えているかの顔しか知らなかった少女に、こんなおんなの顔ができるのかと驚いた。

西陽の差すフローリングの上で、小学校の制服のまま横たわり、長い黒髪が周囲に広がっていた。白いパンツは片脚のふくらはぎに引っかかったままだ。

おそろしく犯罪的な光景だが、花音の最前の言葉を思い出した。

（これで被害者がいないと言えるのか？）

いない、と省吾は開き直った。だが、これからすることを思い、考え直した。

（被害者が出るかどうか、いまからの僕しだいだ）

盗人《ぬすっと》にも三分の理、ぐらいでしかないだろう。しかし、十一歳の少女にけがを負わせることだけは避けなければならない。

「……その小学校の制服を着たまま、するのか？」

「うん。だから、省吾さんも、全部脱がなくていいよ」

よくわからない許可を笑顔で与えてきた。

「下だけ脱ぐよ。おしっこするみたいに、ファスナー開けるだけじゃイヤだろ」

膝立ちになり、ズボンとブリーフを脱いだ。

「上は着てるのに、下はすっぽんぽん。頼りないもんだな」

花音はなんとなく目を逸らしており、返事もしなかった。

花音の顔の横に片手を突き、上半身で覆いかぶさった。残る手でペニスの根元を取った。すでに完全勃起を果たしている。

「ふつうは、二人とも服を脱いで、情感たっぷりにやるもんだけどな」

「んふふ、それはまた今度」

「僕のアレがどんななのか、見なくていいのかい？　怖いか」

「それも今度」

花音は斜め上に視線を逸らし、妙な含み笑いを漏らした。どう言葉にしようか、考えを整理しているような表情だ。

「なんかね、ずっと楽しいオモチャなの」

「ん？」

「新しいオモチャって、最初は楽しいけど、すぐに飽きちゃうでしょ？　でも、省吾さんと美鈴とあたしのことって、これからもずっと楽しく続きそうな気がして」

「………………」

恋愛感情が芽生える前の性的好奇心、とでもいうのだろうか。

「じゃあ、カレシができたら、僕はお役御免なのかな？」

「そうかも。んふふ。あ、でも省吾さんのことはずっと好きなままだよ。たぶん」

この奔放《ほんぽう》な身勝手さは花音らしい。美鈴なら、もうちょっと大人びた気の遣い方をするだろう。

「じゃあ、僕のオチ×チンを、花音のアソコに挿れるよ」

「ん」

顔を寄せ、アヒル口に、チュッとキスをした。

キスをしていても、ゼロ距離なのに輪郭のほとんどが視界に入った。

腰を少し前に寄せ、手を添えたペニスの先を、花音の性器に触れさせた。

「あっ……当たってる」

「花音、力を抜け。痛かったら、いつでも言え」

性器が触れた瞬間、花音は目を閉じ、顎を少し出した。

ゆで卵よりふた回りほど小さい亀頭は、軽く押しただけで半分ほどが花音の膣に入った。細い脚を全開にし、充分に潤ってもいるので、双方に抵抗がなかったのだ。

「花音、十分の一が入った。このまま挿れていくぞ」

顎を出して目を閉じている花音は、二秒ほどしてからかすかにうなずいた。

性器に意識を集中していて、単純な質疑応答もシャットアウトしたいようだ。

きわめて慎重に、ペニスを埋没させていった。ペニスの受ける感触と、花音の表情に細心の注意を払う。

「んっ……!?」

花音が小さく呻《うめ》き、目を閉じたまま、片方の眉だけを震わせた。

「……痛いか？　抜くか」

花音は声には出さず、唇の動きだけで「待って」と言った。

そうして三秒後、やはり唇だけで「いける」とつぶやいた。

省吾は息も止め、腹筋に無駄な力を入れてデリケートな挿入を続けた。

亀頭は完全に入り、長い軸棒が一ミリ刻みで、少女の膣奥に消えていった。

（こんな緊張するセックスは、久しぶりだ）

美鈴のときも思ったが、童貞喪失とは異なる緊張感があった。

（花音の一瞬のつらそうな顔、あれ、処女膜を破ったからか？）

だがむろん、口に出して訊ける状況ではない。

硬い肉棒の埋没は、三分の一まで達していた。

花音はときおり、片方の眉だけを震わせた。唇の端もときどき震えた。

なにかをつぶやこうとして、あきらめたようだ。オーケーと受け取る。

「もう半分を越えた。最後までいけそうか？」

（狭くて、気持ちいい……美鈴と似てるけど、ちょっとちがう）

女子小学生の膣道の狭さからくる官能と罪悪感は、美鈴のときと似ている。それは処女であっても、成人女性のときとは感触からして別ものだった。

だが、美鈴とは説明のしにくいちがいもあった。

（なんだろ、花音のほうが、広い……それに、でこぼこしてる……？）

身長や外見は美鈴よりひと回り小さいのに、膣道はやや広く感じた。しかし、気持ちよさが小さいわけではない。ホールの中に関所のように狭いところがあり、その一カ所（いや二カ所か）がペニスを強くこそげるのだ。淫蜜も潤沢《じゅんたく》で、なめらかさも申しぶんない。

「省吾さんの、太いのが、入ってる……すごく、わかる」

目を閉じたまま、ほとんど口を動かさず、寝言のようにつぶやいた。

「痛みはないんだな？」

「ん」

「気持ちいいか？」

「…………」

結合部を見おろした。ペニスはほとんど入っている。ペニスの太さに合わせて、小陰唇が丸く広がっているのが痛々しい。少量だが、血液が周囲ににじんでいた。

やがてペニスは、完全に花音の膣に入った。

亀頭の先が、なにかやわらかいものに触れた。子宮口か。

まるで亀頭が喉元にまで達したかのように、花音が小顔を上に反らせた。

「花音、入った」

省吾は小さく言った。

「見たい」

花音も短く言い、つらそうに目を開けると、ゆっくり顎を下げて視線を結合部に移した。

「ホントだ……省吾さんのアレ、あたしの中に入ってる。感覚でわかってたけど、すごいね……」

「自分のアソコがこんなに開いてるの、不思議だろ？」

「うん。なんか、グロ」

他人事のように言い、薄く笑みを浮かべた。

「気持ちよさはないか？　異物感だけかい」

「……わかんない。なんか、ジンジンしてて熱いの……身体全部が、びっくりしてるみたい」

「このままズコズコ動いても大丈夫かい？」

ダイレクトで下賤な言い方をしてみた。花音は目を閉じ、口を小さく三角に開いたまま、たっぷり三秒ほどかけてから、なにかをつぶやいた。

小さな舌が動くのが見えたが、「いいよ」なのか「どうぞ」なのかはわからなかったが、ノーでないのはわかった。

小学校の吊りスカートの腰回りを両手にとった。

ゆっくりとペニスを抜いていき、亀頭のカリで止めた。

「ああ、あああああ……」

抜いているあいだ、花音は空気の漏れるような細い声を出した。

「また、挿れるぞ」

慎重に挿入していくと、花音は眉根を寄せ、口を閉じた。最奥に達すると、また顎を出し、肩もすくめ、胸まで反らせた。

「ゆっくり、これを繰り返すから……」

じれったいスピードで、ピストン運動らしい動きをしていく。

花音は静かに深い呼吸をしていた。

(花音のアソコのほうが、チ×ポは気持ちいい……)

いわゆる名器というのか。こそげるたび、膣道の凹凸からくる心地よい刺激が伝わってくる。

(こんな可愛い子の名器を開発したのか、僕は……)

美少女の青田刈り、そんな言葉が浮かび、歪んだ征服感に満たされた。

「どうだ、耐えられるか？」

花音は、じつに仕方なさそうに目を開け、省吾を見おろした。

「うん、だいじょうぶ……あん、お腹が、熱い……ヤケドしそう」

やり場のない手を、ゆっくりとでたらめに動かしている。

吊りスカートの上から、細い腰をしっかりとり、ピストン運動をちょっとずつ速めていった。

「ああん、ダメ……はぁんっ！　ひあっ、あぁっ、ああんっ……！」

荒い呼吸の合間に、緊迫感のこもる声が漏れる。

地声がやや低く、いつも省吾を小馬鹿にするような話し方なのに、その声でこんな嬌声を聞くのは怖ろしく新鮮だった。

花音の表情を注視しつつ、やがてピストンは、省吾の感覚での、ふつうのスピードになった。

「どうだ？」

「んあぁっ！　んへっ……ヘンなの、身体が、溶けちゃうっ」

胸を反らし、肩をすくめ、なにかから逃げようとするように、顔を力なく左右に振る。手の先を見ると、小さな手を握ったり、指をいっぱいに広げたりしていた。

「これ以上スピードを上げないほうがいいか？」

フィニッシュに向けて訊いてみた。

「もっと……もっと、もっと！」

眉根を強く寄せ、じつに苦しそうな顔で、花音は三度繰り返した。

省吾も歯を食いしばり、腹筋に力を入れて、遠慮のない往復運動をした。

射精は近い。だが。

「もっと。あんっ！　省吾さんっ、もっと、ああんっ、もっとよぉ！」

顔を強くしかめ、信じられないことを言った。整った顔の美少女なのに、ここまで顔を歪めさせられるのかと思った。ちょいブスのAV女優の絶頂のような表情だ。

考えをちょっと変えた。省吾は逆にピストンを緩めた。

異変に気づき、花音が身体を上下に揺らしつつ、目を開いて省吾を見た。

なにとめてんのよ、とかすかに不満のまなざしだ。

「花音、ちょっと、姿勢を変えてやってみようか」

「え……？」

短い返答すらも余裕がなかった。そして当惑《とうわく》していた。

「このまま、うつぶせになってくれるか。後ろから挿れてみたい。たぶん、そのほうが、花音も僕もずっとずっと気持ちいいはずなんだ」

肯定的な理由を述べられて、花音は大きく息を吐き、ほんの少し笑みを浮かべた。

ゆっくり抜いていくと、花音の顔から笑みが消えた。

亀頭で少し引っかかり、ほんの少し弾みをつけて抜き去ると、勃起ペニスは勢いよく跳ね上がった。花音は「うんんっ！」と喉声で呻きを漏らし、顎を出した。

「うつぶせになってくれ」

だが花音は動かない。口を三角に開いたまま、体力が尽きたように浅く呼吸をしているだけだった。

白いブラウスの腰を両手でつかむと、省吾は花音を上下にひっくり返した。軽いのだが、花音が協力しないので重く感じる。

「いいか、このままお尻だけを上げるぞ」

吊りスカートの腰を両手でつかむと、クイッとお尻を上げさせた。顔や上半身はフローリングについたままだが、これはやりやすかった。

（お尻の下に、もうひとつ小さいお尻があるみたいだ）

バックでのセックスは経験がある。当然だが女性の性器は恥毛で黒くぼやけていた。まったくの無毛なので、二つの大陰唇が、お尻に抱かれたもう一つの小さなお尻に見えたのだ。

（それにこの服！　裸と小学校の制服、どっちのほうが犯罪的かな……？）

吊りスカートのストラップは、背中でX字になっていた。吊りスカートのヒダは中途半端にめくり上げられ、無秩序な幾何《きか》模様になっている。

（疑似ロリで小学校の制服を着せたのがあるけど、花音は本物の五年生の十一歳なんだ。この制服も、今日も小学校まで着ていった現役だ）

誰に自慢することもできない、暗い優越感を覚えた。

「やん……これ、省吾さんに、ヘンなものまで見えちゃう……」

横顔をフローリングにつけたまま、花音は薄く目を開けて小さく笑っていた。

ヘンなもの、が性器を指していないことは容易にわかった。

「花音のお尻の穴、おちょぼ口みたいで可愛いよ」

「もう、そんなとこ、見ちゃダメ……」

恥ずかしそうなあいまいな笑みを浮かべて、花音は片手を後ろに伸ばしてお尻の穴を隠そうとした。しかし姿勢のせいで、うまく届かない。

可愛さを越え、なかなかにエロい仕草だった。

「お風呂できっちり洗ったら、花音のお尻の穴だって舐めることができるよ」

これにも、花音は予想外の質問をしてきた。

「……美鈴のには、したの？」

美鈴と浴室でセックスしたことから連想したのだろう。

「いや、そこまでは……」

「んふ、じゃあ今度、あたしが一番乗りね。んふふふ」

言ってから、なにかに気づいたように付け加えた。

「でも、そんなお口で、もう省吾さんと一生キスしたくないかも……」

一生なになにする、しない、も小学生だけの慣用表現だ。たいてい数時間も守られないが。

「花音、膝を少し開いてくれ」

花音の膝と足首を持ち、少し広げさせた。

(プリプリでツルツルで、すべすべだ……)

白くて小さなお尻を両手で撫でながら、語彙の乏しい感想が頭に浮かぶ。

「やぁん、くすぐったい……」

花音は仔猫のようにコロコロと喉声で笑った。

両手で心持ち外側に広げると、薄ピンクの肛門がきれいな集中線を見せた。

「省吾さん、そっちじゃないよ。間違えないでね……」

「わかってるよ」

失笑が漏れた。まるで手練れのソープ嬢に注意を受ける童貞だ。

省吾も両膝をフローリングに踏ん張った。

ペニスの根元を持ち、砲身を下に向ける。

(花音のアソコ、ずっと下にある。僕も足を広げないと……)

身体が小さいため、慣れた体位のつもりでも、思わぬ工夫が必要だった。

亀頭の先を、花音の閉じた性器に触れさせた。

「あっ、また……」

「花音、ゆっくり挿れていくけど、さっきより感覚がちがうかもしれないぞ」

双方が脚を開いているので、亀頭の半分はほとんど力を入れずに入った。

抜ける心配がなくなると、省吾は小さなお尻を両手でつかんだ。この姿勢だと、細身の女性でもお尻は大きく感じるのに、やはり不安を覚えるほどの小ささだ。

下腹にまで神経を集中し、ペニスを挿入していく。

「ああ、また、来たぁ……」

不安の中に、どこか安心するような声音で、花音はつぶやいた。

慎重に、慎重に、慎重に、強制的に斜め下に向けられたペニスを埋没させていく。

「んんっ……省吾さん、さっきよりも、大きくなってる……?」

花音が低い声で違和感を口にした。

「いや、入ってくる角度がちがうから」

目を細めて挿入状況を見つめた。じつにゆっくりとだが、すでにペニスは半分ほどが花音の膣に消えている。軸棒には、乾きかけた花音の処女破瓜の血が、わずかにこびりついていた。

「なんかこれ、さっきよりキツいよ……」

「痛いか?」

「痛くないけど……さっきよりも大きいのが入ってる感じ」

「気持ちいいか?」

「……わかんない。そうかも……」

途中の狭くなるところをペニスが通過するのを感じた。フローリングに張り付けた花音の横顔が歪み、少し頬が震えている。

(最高に気持ちいい……! この狭さとヌルヌル、途中の締め付け)

挿入自体にこんな強い官能を受けたのは、童貞喪失以来かもしれない。

「花音、もうすぐ、全部入るぞ」

乱暴に押し込んでしまいたいのを我慢し、花音の体調に気を配りつつ、最後の一センチまで一ミリ刻みで埋没させていった。

妖しい考えはなかったが、気がつくと花音の薄ピンクのお尻の穴を凝視していた。

ペニスは完全に花音の膣奥に消えた。

亀頭の先がやはり子宮口をついている。省吾の腰に突かれ、丸かった二つのお尻はやや扁平になっていた。鼠蹊部に当たる、やわらかなお尻が心地よい。

「……いま、全部、来たよね？」

「そうだ。わかるか」

「なんか、わかる……ツキツキしてくるもん」

目を閉じたまま、アヒル口にちょっとだけ笑みを浮かべた。

「僕のチ×ポの大きさは変わってないけど、刺激の大きさがちがうだろ」

「うん。なんか、強《つえ》ぇ」

慣れない言い方をするのは不安からか、達成感からか。

「正直に言うと、僕は、この姿勢で射精するのが一番多い」

「では、あたくしの場合も……？」

突然のセレブ口調。

「いいか？」

花音はその姿勢のままで、髪の毛の先をつかみ、指先でクルクルと弄《もてあそ》びはじめた。

「よろしくてよ。んふふふ」

再び腰に目を戻し、神経を股間に向ける。

ゆっくり引き抜いていくと、「んんっ……」と花音が呻き、笑みが消えた。

出てきたペニスに新たな鮮血はついていない。やはり、処女破瓜の一時的なものか。

亀頭の首根っこでいったん動きをとめ、また挿入していく。

「これ……さっきより、重い、かも……あっ」

余裕がなくなり、声が低くなっている。

「僕は、すごく、気持ちいいよ」

「あたしも、そう、かも……お尻が、熱いの」

喘《あえ》ぐような呼吸の合間で、花音が切れ切れにつぶやく。

入れて、抜く。それをゆっくり繰り返し、次第にスピードを上げていった。

(ヌルヌルの締め付けが、たまらない……!)

子供の手に納豆をまみれさせ、力いっぱい握られている気分だった。

「あんっ！　ああああっ、ダメッ……！」

花音は高い声をあげ、横顔には強い苦悶が浮かんでいた。

「痛いかっ⁉」

気を遣いつつも、省吾のピストンはゆるまない。

パンッ、パンッ、パンッと、お尻を打つ小気味いい音が室内に響く。お尻が小さくて肉厚もないので、大人の女性よりも短く、シャープな音だった。

「痛くないっ！　ちがうっ、そうじゃなくてっ……！」

体感覚を表す言葉を知らず、ノーを伝えるのが精いっぱいのようだった。

指をいっぱいに広げ、両手で丸いお尻をしっかりつかむ。成人女性の豊かなお尻の大きさに比べ、感覚的には小玉すいかかアンデスメロンぐらいでしかなかった。

（リアルなオナグッズみたいだ……）

ネットの広告にある、二次元のアニメを模した大型のオナニーグッズを連想した。

（花音に失礼すぎるな。本物の小学生なのに……）

「あああっ！　いやっ、しびっ……痺れちゃうっ！　ビリビリきて……あああっ！」

花音は、ほとんど絶叫していた。身体が受ける初めての体感覚に、全身の神経が戸惑っているのだろう。

「僕もっ、チ×ポが、ビリビリしてるよっ！」

ピストン運動は最速になっていた。花音の膣道の凹凸が、激しいピストンのために、双方に電気に似た刺激を与えていたのだ。

花音の背中の、X字になったスカートのストラップを見て、頭が真っ白になった。

「ああっ⁉　あああっ！　いやっ、あああああっ！」

花音は、部屋の窓ガラスが揺れるほどの、ひときわ高い声をあげた。そうしてその姿勢のまま、目に見えてブルブルと震えた。

ギュウギュウでぬるぬるの締め付けの中に、省吾は思いっきり射精した。

「んあああっ⁉　なんかっ、来てるっ……あああっ、ああああっ！」

射精のあいだも、省吾はピストンをゆるめなかった。花音は文字どおり身体が言うことを聞かないようで、顔や腕をでたらめに動かしていた。

吐精を終え、ゆっくりとピストンをゆるめ、最奥で動きをとめた。

ものの十秒近く、二人はそのままで荒い息をしていた。

花音は片手を伸ばし、引いた手でこぶしを握っていた。登頂直前で力尽きたクライマーのようなポーズだった。

「花音、お前の中で、射精できた……感想はどうだ？」

射精できた。謝意を込めようとして、おかしな言い方になってしまった。

「すごい……すごかった。わけ、わかんないよ……」

「美鈴が、すごいとか、よかった、しか言わなかったわけ、わかったか？」

「うん……んふ、言いようがないよね、たしかに」

荒い鼻息のなかで、ふと笑みをこぼす。

「抜くぞ」

腰に両手をしっかり当て、慎重に抜いていく。

「んんっ……ああっ」

感覚がまだ鋭敏なのか、花音は喉の奥で声を漏らした。

抜き去った瞬間、「んはあっ！」と声をあげ、ビクリと身体を揺らした。

省吾も花音の隣に、身体を横たわせた。

腕を回し、小さな身体をゆっくりと抱き寄せた。花音もゆるりと横寝になり、弱々しい身体を預けてきた。

腕を差し出し、枕にしてやる。小さな頭は熱く湿っぽかった。

「省吾さんの精液が入ってくるの、わかった」

「そうなのか？」

これまでの経験で、わかる女性とわからない女性は半々だった。

「なんか、熱いのが、身体の中に、ドバーッ、て、来た」

疲れ果てた声で、どこか懐かしそうにつぶやいた。

「最後、身体が全部ビリビリした。あたしの身体じゃなくなったみたいに……」

そのときのことを思い出したのか、身体が小刻みに震えた。

「じゃあ、花音、イッたんだな、そのときに……」

「行った？　どこに」

花音は顔を上げると、それこそ素の声で訊いてきた。

「お股、あとから痛くなったりしないかな？」

それには答えず、省吾は気になっていることを訊いた。

「ん。だいじょうぶと思う」

言ってから花音は、横寝のまま両脚をモゾモゾとすり合わせた。言われてみて、違和感を思い出したのか。

「んふ、まだ省吾さんのが、入ってるみたい」

「それ、美鈴も言ってたろ？」

「うん。んふふ、説明になってないと思ってたけど、全部美鈴の言うとおりだった」

先輩の言い分が正しかったことに、納得と悔しさの両方を浮かべて、花音は小さく笑った。アヒル口と、小さなホクロが可愛らしい。

「さあ、そろそろ起きるか」

「んーんー」

口を尖らせ、意味不明の抗議の声をあげた。チュッとキスをしてやると、省吾に続いて、ゆっくり立ち上がった。

「花音、パンツを穿かせてやろう」

花音の後ろに回り、足首に引っかかっていたパンツをつかんだ。片脚を通し、ずり上げていき、腰までしっかり包んだ。ブラウスの裾も整え、スカートを引っ張ってシワを伸ばす。

「んふふ、小学校の制服でこんなことしたら、授業中に思い出しそう」

「…………」

家に置いてきた黄色い学帽と赤いランドセルを身に着ければ、下校途中の五年生以外には見えない。五分前に処女喪失したとは、誰も信じないだろう……。

「んふふ、よかった。旅行に行く前に経験できて」

「コスプレは興味なくなったか？　頑張ったんだけどな」

「思うんだけど、ハダカが一番のコスプレじゃないかな。んふふふ」

「それ、美鈴も言ってたぞ……」

第五章　魅惑のブルマハーレム

「おじさんも漁師なんですか？」

小さな漁船の初老の操縦士に、美鈴が訊いた。

「そうだよ。今は時期が外れてるんで、のんびりしてるがな」

「この船でマグロを捕りに、何カ月も海に出るの？」

花音も訊く。ふだん接することのない、いわゆる海の男に興味がある様子だ。

「これじゃ無理だよ。食料の備蓄が持たんだろ。おっちゃんはこの辺の海域を縄張りにして、細々やってるだけだよ」

陸《おか》育ちの少女たちの素朴な質問に、海の男も上機嫌に答えた。

「半年ぐらい前から、児島さんがあの島までよく乗ってくれるんでな、いいアルバイト代わりだ。君たちもその知り合いなんだろ？」

「そうです。僕、児島さんの後輩で、ちょっと呼ばれまして」

省吾が答えた。わずか二十分ほどの船旅だが、早くも船酔い気味だ。

時刻は午前十一時。快晴で漁船の床にも黒い影が落ちている。

「あんたたちゃ、どういう関係だい？　親子でも兄妹でもないだろ」

「僕の姪っ子たちです」

説明が面倒なので、省吾はあらかじめ用意していた偽りの続柄《つづきがら》を披露した。

「見て、だんだん島が大きくなってきた」

「真ん中に白い建物があるね」

「あれが、もともとあった洋館だ。補修して住めるようにしてあるらしい。今夜は、あそこで泊まるんだ」

「ねえ、あっちに大きな船があるよ」

美鈴が白い洋館の左を指差した。

金のかかりそうな大型のクルーザーが停泊していた。

「えー……」

花音が不満そうな声を呑み込んだ。漁船の大将に気を遣ったのだろう。言いたかったことは容易に想像できた。あんな船で来たかった、だ。

白い洋館から、海に桟橋《さんばし》が伸びていた。短いが、ずいぶんおしゃれで、洋館の一部のように真っ白なつくりだった。先には噴水もついている。

「ね、ミステリー小説だと、今夜あたり」と美鈴が片手を添えて花音に言った。

「殺人事件が起こるんだよね」

「やめんか」

さすがに、呼ばれたほうが口にするべきではない冗談だ。

「あそこに接舷《せつげん》するんですか」

「ああ。この漁船がみすぼらしく見えるだろ。児島さんは金を持ってるよ」

その桟橋の反対側に、美鈴が言った大きなクルーザーが停泊していた。

「ねえ、あそこに人がいるよ」

その桟橋の先端、噴水のあたりに黒い小さな人影があった。

「あれが桃香ちゃんだよ。手を振ってやりな」

美鈴と花音がぎこちなく手を振ると、あちらも小さめに手を振り返してきた。

「きれいな子だね。背が高い……」

「かっこいいセーラー服。ほんとに小学生？」

美鈴も花音も、桃香に釘づけらしい。

「小学生だよ。言っただろ、美鈴と同じ六年生。黒っぽいセーラー服が珍しいだろ」

「わたしたち、私服でなんかおバカみたいに見えない？」

「ダメダメ。うちの小学校の制服じゃ、もっとはっきり差が出ちゃうよ」

早くもライバル心メラメラなのかと思った。

穏やかな潮風を受け、流れる黒髪に桃香は片手を添えている。なかなか画になる美少女っぷりだ。

漁船が接舷すると、大将は幅一メートルほどの板を岸に渡した。

「なんか怖いね……」

陸育ちの二人はすぐ下の海を見て怖気づいている。

「いらっしゃい」

岸の桃香が手を差し出した。美鈴と花音は順番に無言でその手を取り、上陸した。

「いらっしゃい、伊藤さん。ようこそ」

「お世話になるよ、桃香ちゃん。児島先輩……おじさんは？」

「中で待ってるわ。入れ替わりに本土に行くって言ってた」

大将は板を渡ってこず、漁船から大きめの声を出した。

「じゃあ俺は、ここで児島さんを待ってるから。明日の夕方、また来るよ」

漁船の大将は桟橋の桃香にも一瞥《いちべつ》をくれ、双方、小さくあいさつを交わした。

「……はじめまして。石城美鈴です」

「西田花音です。お世話になります」

二人は最初に省吾に言われていたとおり、ぎこちないが行儀よくあいさつした。

「佐々山桃香です。ゆっくりしていってね」

桃香も、オーナー側として過不足ない口上《こうじょう》を述べた。

「わたしたち、ここに泊めてもらえるんですか？」

「そうよ。お掃除もして、部屋割りもちゃんとしてあるわ」

「ここ、なんか外国の宮殿みたいだね」

「大昔、イギリスの貿易商の人が建てた別荘なんだって。補修したんだけど、ずいぶんお金がかかったって、叔父さん言ってたわ。ボロボロだったらしくて」

観光案内のインストラクターのように、桃香はよどみなく言った。身長や黒いセーラー服だけでなく、洗練《せんれん》された雰囲気が彼女をより年上に見せていた。

「んふふ、叔父さん、宮殿よりも、ホワイトハウスって呼んでほしいみたい」

なるほど、ニュースで見る米国の大統領官邸にも外見が似ている。

桃香と花音はそれぞれ派手なリュックを背負い、省吾はキャスター付きの大型のスーツケースを引いていた。

階段を上がり、『執務室《しつむ》』と書かれた部屋を、桃香がノックした。

「叔父さん、みんな来たわ。入るわよ」

部屋に入ると、大きなデスクから児島が立ち上がった。

「おー、よく来てくれたな」

デスクにはパソコンではなく、白い紙があった。児島は大仰な羽根のついたペンを握っていた。

美鈴と花音があいさつをすると、児島は磊落《らいらく》に笑った。

「まあ、そう固くなるな。ここで一晩楽しんで、あれがダメだこれがダメだと、厳しい意見を出してほしいんだ。コイツみたいに」

葬儀屋の案内板にあるように、人差し指を姪っ子の桃香に向けた。

「ここ、お部屋が十以上ありそうですね。ここが宿泊施設になるんですか？」

美鈴が訊いた。来る道中に窓を数えていたのか。

「そう考えてる。意見を頼むぞ。ふつうのホテルとちがうなにかを売りにしたいからな。それにしても、さっそく部屋数に注意が向くとは、いい着眼点だな！」

驚いた様子の児島は、頼もしそうに美鈴を見た。

「あのすごいクルーザーは、おじさんのですか？」

花音が訊くと、児島はちょっとバツが悪そうに笑った。

「ありゃレンタルだ。ここの遊具施設としては考えてない。大人の事情だが、若手の政治家先生を気分よく酔わせるために無理したんだ」

途中から省吾を見て説明した。

「だけど、いまいるのは君たちだけだから、乗ってみてもいいぞ。省吾、お前船舶《せんぱく》免許持ってるよな？」

「はい。一級船舶を持ってます」

美鈴と花音、そして桃香の驚いた顔！　大学にいたころ、暇つぶしに勉強して取得していたのだ。最初は女の子にモテようとして四級船舶を検討し、よく調べて、勉強量がちがうだけで二級も一級も変わらないと考え、一級を受験したのだ。

「よし、汚さなきゃ、使ってもいいぞ。船で寝てもいい」

やったぁ、と美鈴と花音が控えめにハイタッチした。

「この白い家の反対側は、なにがあるんですか。森というか、林だけ？」

「それを、君たちに考えてもらうのさ。それが料金代わりだ。とりあえず、ふつうの児童公園みたいな遊具は置いてあるんだが、ダメ出しは覚悟してるよ」

両手で美鈴と花音を抱《かか》え込むように、二人の腕をぽんと叩き、「期待してるよ」と言った。

「じゃあ、省吾と桃香、あとは頼む。本土で建設業者に合わなきゃならん」

ものの一分も経たずに、児島はスーツを羽織り、帽子をかぶって出ていった。

「これでスマホが通じなきゃ、いよいよミステリーなのにね。で、大嵐で海が荒れて本土からも救援が来られなくなる」

花音が、シッ、と人差し指を立てる。

だが桃香がそれを訊き、一瞬で理解し、そのうえで、ニッと笑った。

「壁にある女性の肖像画が、なぜか美鈴さんにそっくりで、どこからともなく不気味な音楽が流れてきて、なぜかそれに花音さんが聞き覚えがあって、でもどこでいつ聞いたか思い出せない」

「やめて、怖い」

「背筋、ヒュッてなる」

美鈴と花音は、へっぴり腰で自分を抱く仕草をする。

「そういえば桃香ちゃん、あの黒猫は？」

「置いてきた。あの子、船がキライみたいだって、叔父さんが言ってたから」

桃香はちょっと考えて、口を広げて目を吊り上げ、桃香らしい笑みを浮かべた。

「入れ替わったんだよ」

「え？」

「中身を入れ替わったの。いましゃべってるあたしが、あの黒猫。いま本土にいる黒猫の中身が桃香で、叔父さんの事務所でのんびりしてるよ」

「…………」

「ウソ。んふふ。あの黒猫、オスだもん」

「…………」

なにか薄気味の悪い空間に置き去りにされた気分になる。だが口を横に広げ、猫目を細めて「ニヒヒ」と笑うさまが、ミステリアスな雰囲気を少々台無しにしていた。

「まず、お部屋に案内しようか。それからお茶にする？」

「お茶なんていい。遊びたい」

二十五歳の省吾の思惑を無視して、花音が言った。美鈴も同じ意見のようだ。

まず連れていかれたのは、ダブルベッドのある大型の部屋だった。

「シングル、ツイン、ダブルの部屋がいくつかあるんだけど」

「わたしと花音、二人でこの部屋がいい」

「あらら、あたしと伊藤さんでこの部屋にしようと思ってたのに。んふふ」

桃香が言うと、その場の空気が一瞬で五度も下がったように感じた。

「んふふ、あとで叔父さんのチャーターしたクルーザーの寝室も見ようよ。どこにするかは、それから考えるということで」

ホームの強みもあるのか、現状は桃香が優位に立っているようだ。

「じゃあ、部屋割りはあとでするとして、次はなにを見たい？」

「あちこち外も見てみたい」

「省吾さん、外でも動き回れるコスプレの服ってないの？」

花音が言うと、三人の視線が、省吾の持ってきたスーツケースに向けられた。

「この島、あたしたち四人しかいないから、べつに裸で外に出ても大丈夫だけど」

桃香が混ぜっ返すと、美鈴と花音は顔を見合わせ、妖しい笑みを浮かべた。

そんなこともできるのね、と以心伝心《いしんでんしん》だったにちがいない。

「だけど、外でも動きやすい衣装なんか……」

極小下着やビキニ、スケスケのネグリジェ……省吾はスーツケースを開け、あっ、と小さく声をあげた。ちょうど条件に合うのが三着ある。

「これを着てくれ。どの色にするかは三人で決めて。僕は部屋の外で待ってるよ」

三着分を出し、スーツケースを閉めて、省吾は外に出た。

廊下に出ると、海とは反対側に広がる平地が望めた。

「あれが先輩の言ってた遊具か。なるほど、センスがない」

省吾は失笑した。

二方向の大型のローラー滑り台、複雑なジャングルジム、高低差のある鉄棒、雲梯《うんてい》など、ちょっと大きな公園ならどこにでもあるような安易な遊具だ。

（とても、わざわざ船でくるほどのものじゃない）

児島は、エンタメ産業に強い経営コンサルタントにも声をかけているらしい。当然だろう。素人のパパさんでも、もう少し気の利いた施策《しさく》を思いつく。

「じゃーん！」

美鈴の声とともに、三人の少女が部屋から飛び出してきた。

美鈴は白い体操着に、緑色のブルマ。

花音は白い体操着に、黒色のブルマ。

桃香は白い体操着に、紅色のブルマ。

昭和の趣《おもむき》漂う、女子の体操着のコスプレだった。

「わたしたちのママの少し前まで、これで体操してたんだよね」

赤い鉢巻を締めながら、桃香が言った。白い体操着の裾がめくれ上がり、お腹が少し見えた。

「ほとんどパンツじゃん。これで男子といっしょに体操なんて」

花音が白い体操着の裾を強く下に引っ張ると、黒いブルマが、平たい逆三角のスキャンティのようになった。

「でも動きやすそう。下半身だけ、水着で動いてるようなもんだよ」

桃香は、身体をひねり、片脚を後ろに下げ、屈伸《くっしん》してみて、ブルマ体操着の動作環境を確認していた。

「うふふ、省吾、いっぱい写真、撮ってね」

「角度的にエッチなものも撮れちゃうかもだぞ」

わかっていて野暮を言ってみた。

「んふ、もっとエッチなコスプレを早く撮ってみたいんでしょ?」

花音が膝に手を置き、身を乗り出すように挑発してきた。

「んふふ、コーフンした伊藤さんに、ブルマ脱がされたりして」

美鈴と花音がちょっと驚いて桃香を見た。軽口の毒の強さも、自分たちに負けていないと感じたのか。

「君たちの望みどおり、エッチでスケベでいやらしい写真を、いっぱい撮ってやる」

スマホの動画のアプリを起動し、少女たちを見てから、広場の遊具を指差した。

「では、行けぇ！」

三人の少女は、なにやら意味不明の高い声をあげて駆け出した。

ひと足遅れて広場に出ると、少女たちはジャングルジムに登っていた。

ありていに言えばダサい遊具しかないが、三人の女子小学生は早くも黄色い声をあげて楽しんでいた。子供とは、もともと遊びの天才なのだ。

日差しは強く、スマホを上に向けて撮影するときは陰影に注意が必要だった。

「はしゃぐのはいいけど、ケガするなよ」

ジャングルジムは、途中でリングが連なった通路様になったところがあり、大型で複雑なものだった。

「省吾さーん、ここからも海がよく見えるよ」

最初にてっぺんに着いた花音が、大股を開いて座っていた。手でひさしをつくって遠くを望んでいる。下から撮影した。

「美鈴、笑えよ。画にならないぞ。アイガー北壁に挑むクライマーみたいだ」

「……高いとこ、最初はちょっと……すぐに慣れると思うけど」

足と手に意識を集中し、恐怖と戦っているらしい。片脚を上方のバーに引っかけたところで撮影。緑色のブルマの股間に、独特のふくらみと斜めのシワが寄っている。

「伊藤さん、下から押してほしい」

いつのまにか、桃香が真上にいた。どこからか横滑りしてきたのか。

「押すって、どこを？」

「んふ、一番バランスのいいところ」

妖しく笑う猫目にも太陽の陰影がかかり、美しくて三枚目な笑顔がより立体的になった。ある写真家の言葉を思い出す。「太陽光に勝る光源はない」。

「んー、足の裏かな？」

とぼけると、「ちがーう」と笑いながらツッコんでくる。

桃香の紅色のブルマのお尻が、すぐ上にあった。

太陽光でついた陰影で、お尻の丸みが鮮やかに強調されている。そして透けたパンツの線と、クロッチの扇形のラインまで、くっきりと浮き立せていた。

天に救いを求めるように、省吾は指いっぱいに広げた手のひらを上げた。

桃香のお尻を手のひらに受け、ゆっくりと持ち上げる。

「ええ……すごい。伊藤さんの手、力ある……」

下からの思わぬトルクに、桃香はエッチなイタズラ心を忘れて素の声で言った。

お尻の下の、手のひらの面積だけで、身体が四十センチ近くも、ひょいと上がったからだ。

(お尻、やわらかい……生のお尻じゃないけど、ブルマ越しの感触もなかなか……)

お尻のやわらかさがクッションになっていて、持ち上げる省吾の手にもさほどの負担を感じなかった。

「んふふ、伊藤さんの手、大きいから安心する」

成人男性の手で指をいっぱいに広げると、桃香のお尻の七割ほどをカバーしていた。危険なので指先をモゾモゾ動かしたりはしない。

「ねえ、もう一回やって」

上から桃香が見おろし、猫目で満面に笑みを浮かべて言った。うつむき加減なので、太陽光がドラマチックで立体的な影を顔に落としていた。不安定な体勢だが、その一瞬の表情を撮影する。

垂直の壁はそこまでで、あとは花音のいる頂点まで斜めの棒が走っていた。

「よし、これで最後だぞ。上がったときにつかむ棒を見とけよ」

「省吾、スマホ貸して。そのサポート姿、撮っといてあげる」

離れたところで登坂途上の美鈴が言い、手を伸ばしてきた。高さには慣れたのか。

一抹《いちまつ》の不安を覚えつつ、省吾も手を伸ばし、スマホを渡した。

桃香のお尻に最大限近づくと、省吾は手のひらを上向きに構えた。

ふと、考えを変えた。省吾も少し登り、手のひらを逆手にした。

そして、かなり開き加減の桃香の股間の下にそっと入れた。

「行くぞ。びっくりするなよ」

そろえた三本の指を性器に当てる。手のひらでお尻を支える。そうして股間に当て、ぐっと上に押し上げた。

「きゃあっ」

わかりやすい黄色い女性の悲鳴をあげ、桃香は軽々と数十センチも持ち上がった。

「ほら、しっかりその棒をつかめ」

「もう……びっくりした」

桃香は笑いながら困惑をその顔に浮かべていた。いや、羞恥か。

「うひひひ」と、魔女のような笑い声が対面から聞こえてきた。美鈴だ。

「あとで写真見せてあげるね」

少女にイタズラする二十五歳の男、の決定的写真が撮られたらしい。

「美鈴、スマホ貸して。今度はあたしが美鈴と撮ってあげる。この下に来て」

頂点で退屈そうにしている花音が言い、手を伸ばした、あいよ、という感じで美鈴もスマホを花音に渡す。

「おいおい、そう見えても精密機械なんだぞ」

「省吾さんも下に行って。美鈴が肩車で登りたいんだって」

ジャングルジムの中央は、リング状の鉄棒が連なった細い縦穴状になっている。

見ると、美鈴はすでにそこにいた。桃香とは以心伝心のようだ。

花音はスマホを片手に、すばやく真ん中ほどまで降りた。

「花音、わりと器用なんだな。おサルさんみたいだぞ」

「運動神経がいいって言ってよ」

格子状の鉄棒をくぐり、縦穴までできた。

「お前を肩車して、登ればいいんだな？」

「うん、ゆっくりね。うふふふ」

ゆっくり、という言葉に、安全以外のニュアンスがあるのを感じた。

美鈴の真下に行くと、首筋に美鈴のお尻が乗り、顔の両側から白いふとももが伸びた。もともと色白だが、美鈴のふとももは陽光を受けてキラキラと光っていた。

「うぐっ、お手柔らかに……」

けっこうな力で、美鈴は省吾の首を左右から締めてきた。

ゆっくりと登っていく。顔の両サイドをふとももで圧迫されているので、口が縦長のタコになってしまう。

「省吾さーん、美鈴、反対向きになってほしいって」

向かいでスマホを向けている花音が言った。

「反対向き？　こないだ花音にやったような……」

「そう、アレ。省吾、わたし、棒を持ってるから身体後ろ向きにして」

上から美鈴が言う。美鈴と花音はテレパシーで通じ合ってるのか？

美鈴のふとももの戒《いまし》めが解かれた。棒をしっかり持っているので、中空に浮かんでいるかたちだ。

足場を変え、手の持ち場を変え、ゆっくりと半回転した。

すぐ目の前には、緑色のブルマの股間があった。

ブルマも陽の光を受け、化繊のデリケートなざらつきを鮮やかに浮かせていた。脚を広げているが、六年生の性器のふくらみもキッチリ陰影がついている。

（ここに、顔をうずめろって言うのか……うぶっ）

常識的な逡巡が頭を巡る余裕はなかった。

美鈴の股間が迫り、白いふともも で顔を強く挟まれたからだ。

化繊の匂いと、女子小学生の汗の匂い、そしておんなの妖しい匂いが、息の詰まりそうな圧迫感で強く鼻をくすぐってきた。

(なんか懐かしい……美鈴の、アソコの形だ)

ブルマとパンツ越しでも、美鈴の性器のふくらみを唇で感じた。二人とも両手両足を動かし、登っているので、冷静に観察はできなかったが、それでも花音のものでないことははっきりわかった。

ジャングルジムのてっぺんに着くと、ようやく美鈴は省吾の首を解放した。

「んふ、んふふふ、すごい写真が撮れた。あとで見せてあげる」

身の軽い花音も、すでにそこにいた。含み笑いを隠そうともしていなかった。

ジャングルジムの頂上に三人並んで腰掛けた。

スマホを受け取ると、省吾は三人の後ろに回った。

(ブルマの色が三人ともちがうから、ふつうの体育の授業のひとコマじゃない)

人工的につくった光景という印象が強い。二千年代の初めのころの、ジュニアアイドルの写真のような雰囲気だ。

「石城さんと西田さん、いつもこんなふうに伊藤さんと遊んでるの？」

うらやましさも露《あらわ》に、桃香が訊いた。

「そうだよ。伊藤さんとか店長とか呼んだのは、二年前の最初の一日ぐらい」

「わたしなんて、三日目から省吾って、呼び捨てだもんね」

こちらも優越感がちらほらしている。

「あたしも伊藤さんの近くだとよかったのになぁ。学区もちがうし」

「佐々山さんがいたら、おいしいとこ、全部持っていかれそう」

「そう。省吾さんのお相手は、あたくしどもにお任せあれ、ですわ」

桃香に対して、そんな気持ちを持っていたのか、と省吾は意外に思った。

美少女だが、小学生然とした美鈴と花音に対し、この子たちの目線でも、やはり桃香はミステリアスで独特の雰囲気があるように映るのか。

ジャングルジムでたたずむ三人のブルマ小学生を、省吾はあちこちから撮影した。

穏やかな風が吹き、三人の髪が泳いでいる光景を斜め下から撮る。

「あ、Vサインはやめてくれ。素人くさくなる」

「あら、省吾、ナマイキなこと言ってる」

狙い射ちもした。

白いソックスに包まれ、ぷらぷら揺らしている形のいい美鈴のふくらはぎ。

黒いスキャンティのように見える、小ぶりな花音の腰回り。

吹いた風で白い体操着に浮き出る、桃香の微乳。

「これ、モノクロにしても、昭和の写真には見えないだろうな。君たちの雰囲気とかが現代的すぎる」

「んふ、あたくしたち、令和時代の小学生ですもの」

「西田さんって、お金持ちの子？」

「ううん。花音、セレブのサルマネしてるだけだよ。平民」

「またサルって言った！」

小柄美少女の花音にサル要素などどこにもないのだが、小学生は木登りがうまいだけでサルっぽいあだ名をつけられる。

「ここの遊具、どれもパッとしないね」

「あたしも叔父さんに言った。いいアイデアがあったら言ってね。叔父さん、ほめ言葉より、ボロクソな意見がほしいから」

「ここから海まで突き出たジェットコースターとか、トンネルを歩いたら海まで続いてる遊歩道とか、豪華客船のレプリカをドーンと置いて、ホテルの部分だけ本物にするとか」

花音が、興味を引きそうな思いつきを口にした。

「省吾、覚えといてね」

「わかった」

記憶力には自信がある。あとで整理しておこう。

「省吾、さっきからヘンなところばかり撮ってない？　お尻とか、視線を感じてムズムズするんですけど」

「あたしも感じた。ヘンなとこばっか、じっと見られてる気分」

「あたしも、なんか触られてる気分」

「おいおい、誤解を招くような言い方しないでくれ」

「うふふ、わたしたち三人の身体、すごく観察してるんでしょ？」

「ほら、省吾さん、昔の漫画みたいに舌なめずりしてる」

「さっきなんか『ぐへへへ』って笑ってた。ヘンタイ」

どんどん変質者にされていく。

「わたしたちのどこかをちょっと触っただけで、誰だか当てられるでしょ？」

「髪の毛一本で、三人のうち、誰か当てられたりして」

「ＤＮＡ鑑定みたいだね」

「ちがうよ。匂いで当てるんだよ。クンクン、て」

きゃははは、と三人の少女はプラプラと脚をばたつかせて笑う。

示し合わせたわけではないだろうが、少女たちは同時に省吾を向いた。どの顔にも大人をからかうときの独特のイタズラっぽい笑みが浮かんでいる。

「ねえ、ほんとにわかる？」

「なにがだよ」

「わたしたちのどこかをちょっと触っただけで、誰かがわかる、っていうの」

「わかる……と思う」

ためらいは演技だ。自信をもって答えるとおかしい質問だからだ。

「うふふ、ちょっと降りよう」

美鈴に続いて、花音も桃香もジャングルジムを降りた。省吾も降りる。

「省吾、そこに座って」

言いながら美鈴は、頭に巻いていた赤い鉢巻をとった。

省吾はジャングルジムにもたれて尻を着いた。どうせ汚れてもいい服装だ。

赤い鉢巻で目隠しをされた。

「透けて見えたりしない？」

「見えない。血のような赤が広がってるだけだ」

三人の少女の、くすくす笑いが聞こえてくる。

「交代で前にお尻を向けるから、誰だか当ててみて」

美鈴の声のあと、視界が暗くなった。誰かが前に立ったようだ。

おそるおそる両手を出す。いきなり、やわらかなお尻の感触があった。

膝に両手を置き、へっぴり腰でお尻を省吾に突き出しているらしい。

サラサラした特徴的なブルマの薄い化繊の感触を、手のひらに感じる。

両手でそれぞれの尻肉を撫でる。ちょっと力を込めると、豊かなお尻は魅力的な弾力で跳ね返してくる。

（パンツの線も、はっきりわかる……誰だろう？　お尻の幅と、この弾力……）

「うわあ、すごいヘンタイ……」

「見て、口元だけ真剣だよ。鑑定士みたい」

誰何《すいか》されないよう声は落としているが、内容は聞こえてきた。

「桃香ちゃんだろ。お尻が一番ふっくらしてる」

「……当たり」

視界が明るくなり、また暗くなった。交代したのだ。

これは、すぐにわかった。

パンツの線を撫でた。クロッチの扇形を指先で左からなぞる。お尻の谷間で一度食い込み、またふくらむ。

「花音。お尻の小ささと硬さでわかる」

「理由を口で説明されると、恥ずかしいなあ……」

悔しそうな花音の声が聞こえ、また視界が明るくなった。

「次、わたしとは限らないよ。フェイントかますかも」

美鈴が牽制をかけた。一拍ののち、目の前をお尻の黒い影が覆う。

だが、来たのは美鈴だった。

第二性徴期に差しかかり、お尻はふんわり大きめだが、小学生なので肉厚はまだまだ不十分だ。少し手を上にやると、ウェストはしっかり窪み、スタイルのよさがわかる。何年も経たずに、現代的な日本美人になるのだろう。

「美鈴。お尻が一番かっこいい」

省吾は目隠しを外した。まばゆい光とともに、三人の少女の白いふとももがまぶしかった。

「かっこいいって言われて、こんなにうれしくないの、初めて」

まあ、性的なほめ方をされて喜ぶ歳ではない。

「せっかく体操着なんだから、ラジオ体操でもやるか」

「なにが、せっかくなのよ」

美鈴の文句にかまわず、省吾はスマホの音楽アプリから、ラジオ体操の音楽を起動した。

誰もが知る夏の音楽が鳴り、男性の独特のトーンの説明が入る。

面白いことに、少女たちは反射的に体操を始めた。

「美鈴、意外に身体固いんだな」

「うっさい」

見たところ、花音が一番身体が固そうだった。あるいは、真面目にやっていないのか。

「これ、本気でやると、けっこうシンドいんだよね」

そういう桃香の動きが一番美しい。まるでバレエか芝居をしているように、指先まで妙になめらかだった。

腰に手を当て、胸を反らす運動で、省吾は息を呑んだ。

三人の少女たちのブルマの股間に、縦線が浮かんでいたのだ。

ブルマ姿のトリプルパンスジ。ある種の性癖の男性には垂涎《すいぜん》ものの光景だろう。ラジオ体操を流しながら、慌てて撮影モードに切り替え、動画を撮った。

「つまんない。やめた」

美鈴の鶴の一声で、ラジオ体操は中止になった。残念。

「ねえ、あのお船、見てみたい」

花音がクルーザーを指差した。

「じゃあ、見にいってから食事にしようか」

桃香がホストらしい言い方をする。

「ね、中で寝るってどういうこと？　甲板でゴロッと横になるの」

美鈴が桃香に訊く。クルーザーの内装など、想像もしたことがないのだ。

「中にベッドが四つあるよ。うちひとつはダブル」

歩きながら美鈴と花音が息を呑んだ。顔を見合わせ、驚きと期待の笑みを浮かべている。

「佐々山さんは乗ったことあるの？」

「あるよ。叔父さんに何度も乗せてもらった」

美鈴と花音は、羨望《せんぼう》のまなざしを向けた。

真下から見上げて、あらためて二人は息をとめた。

「近くで見ると、すごく豪華だね……」

「ゴージャスゥ……」

「フライデッキって言って、三階建てよ。時速は二十四ノット、だいたい四十五キロぐらい。定員は十二名」

「詳しいじゃないか、桃香ちゃん。ツアーコンダクターみたいだぞ」

「叔父さんが何度も自慢してくるから覚えちゃった。乗ろうよ」

岸から船までに二メートル弱のブリッジがかかっていたが、そこにも手すりがついている。

「佐々山さんの叔父さんこそ、お金持ちじゃないの？」

「これ、レンタルだって、さっき言ってたじゃない」

「そうだ。政治家の先生と交渉するのに、定食屋ってのもまずいだろ」

クルーザーに乗り込むと、美鈴と花音が思っていたとおりの感嘆を漏らした。

最初の数歩はおそるおそるだったが、すぐに独楽鼠《こまねずみ》のように動きだす。

「見て！　二階にすごい応接室！」

「操縦席が二階と三階にもあるよ！」

「舳先《へさき》があんな遠くにある！　タイタニックごっこやろうよ」

「海じゃなくて、木と皮の匂いがする！」

省吾は二階の操縦席に座った。

「なんでパソコンを持ってきたの？」

操縦席のサブデスクに、自分のパソコンを置いた。時間が少しでも取れれば、お店の状況確認と、児島へのレポートをつくりたかったのだ。

「とても時間が取れそうにないけどな」

エンジンをかけ、音を確認する。首を回し四方を確認、特に接岸している左舷に注意する。ギアを水平から六十度ほどにゆっくり起こし、微速。

「へえ、伊藤さん、ほんとに操縦できるんですね」

唯一、そばにいた桃香が声をかけた。

「試験は難しかったけど、操縦そのものは、技術的には車の運転より簡単なんだ」

クルーザーは微速を続け、省吾はギアを垂直に上げた。エンジンのうねりが大きくなり、船首が持ち上がる。

しばらくすると、ギアを最大限に押した。船首は再び下がり、滑走状態になり、船は最速になった。

美鈴と花音の姿が見えなくなった。声も聞こえない。

「桃香ちゃん、あいつらを見てきてくれないか。大丈夫だと思うけど、こんな豪華ヨット、汚したらえらいこっちゃ」

酔って吐かれでもしたらシャレにならない。

「わかった」

桃香は振り返り、駆けていった。

船は快調に進む。四方を確認し、波を砕きながら大きく角度を変えた。実技試験でやった蛇行《だこう》運転（連続旋回）もしてみる。

「すごい、こんなスピードで海を走ってる……」

地階から上がってきた美鈴が、高いかすれ声を出した。

「岸がもうあんなに遠くだよ……」

花音も後ろを振り返り、不安そうに言う。

「んふふ、このスピードだと、ハワイまで三十分ぐらいで着いちゃう？」

「そりゃ人工衛星のスピードだ」

桃香だけ、やはり余裕だ。

「こんなに遠くまで出て大丈夫なの？」

「僕は一級船舶免許だから、どこまででも行けるよ」

正確には一人で行けるのは約百五十キロ。それ以遠だと機関士が必要になる。

「すごい。叔父さんは二級免許って言ってたから……」

二級船舶だと、海岸から五海里（約十キロ）だ。

「そうじゃなくて、あんまり遠くへ出たら、怖い……」

美鈴と花音のテンションは下がっている。スピードに関心はなさそうだ。これが男児なら、いわゆる冒険心が刺激されるところだろうが……。

無人島の冒険記など、フィクション・ノンフィクション問わず、主人公はなぜ男児や男性の青年なのかを問うたコラムを読んだことを思い出した。

男の子なら、二日目からイカダをつくって漁に挑んだりするところだが、女性が主人公だと、二日目から炊事洗濯を始めてしまい、ロマンが薄れるからだという。

ジェンダー問題や性差別がうるさくない時代の記事だが、この二人の反応を見て、ふと思い出したのだ。

「じゃあ、この辺で停めるか」

ゆっくりギアを戻し、十メートルほど惰性《だせい》で進んでから、船は停まった。

「省吾、この下の階、見たことある？」

「ないよ。想像はつくけど」

「住めそうなぐらい、なんでもそろってるんだよ、来て」

省吾が立ち上がったのを見ると、美鈴と花音はまたステップを降りていった。

桃香がふと振り返り、猫目をイタズラっぽく釣り上げて笑った。

「こんなボートなのに、グラマー美人が乗ってないのが残念なんでしょ？　小学生三人だと、保護者役になっちゃうものね」

口元に笑みを浮かべ、同情的な一瞥を残して、桃香も降りていった。

いや、と省吾は心の中で訂正する。

（ある種の趣味の男にとって、こっちのほうがよっぽど天国だよ……）

積極的に否定すると、ロリコン者だとバレてしまう。

それこそ、階段まで無駄に豪華なつくりだった。降りていくと、美鈴が嬉しそうに気ぜわしく手招きしている。

「こっちこっち！　見て、すごいダブルベッド」

贅沢な広い空間の真ん中に、ダブルベッドが置いてあった。

周囲を見ると、シングルが別々にふたつ、トイレもふたつある。

ダブルベッドの上には、赤いブルマの桃香が無造作に横になっていた。

「あと、キッチンがあれば、もうここで生活できちゃうね」

花音の言葉に、また無人島のコラムを思い出す……。

「ねえ、省吾……」

美鈴が湿っぽい声を出した。

豪華ヨットのテンションでも、スピードへの怖れでもない、妖しい声と表情だ。

「わたし、男の子になっちゃった……」

地味に今日一番の意味不明の言葉だ。白い体操着に緑色のブルマを穿き、媚びるように人差し指を口に当てている。

「なにをわけのわか――」

美鈴の緑色のブルマの股間を見て、言いかけた言葉が途切れた。

女性のデリケートなふくらみなどではない。男児のような「もっこり」があったのだ。そう、玉袋を従え、まるで勃起しているような……。

「えへへ、わたしが男の子になっても、好きでいてくれる？」

シュールな問いに応じず、省吾はほとんど反射的に美鈴のブルマの股間に触れた。

「ありゃ、硬い……？」

モノがモノだけに、強くつかんだりしない。しかし手のひらで覆った美鈴のブルマの股間は、あきらかに硬かったのだ。

そして、このなんとなく覚えのある感触は……。

緑色のブルマの股間に、手のひらは下に向けて触れている。その指先に軽く力を入れると、カチッという感触があったのだ。

「なに仕込んでんだよ」

イタズラっぽい笑みを浮かべているものの、立ち姿勢で股間に触れられ、さすがに美鈴はへっぴり腰になっていた。

えへへ、と笑いながら美鈴は白い体操着の裾を上げ、ブルマに手を入れた。

なにかポケットから不思議なアイテムを出す、猫型ロボットのような仕草だ。

「はい、これ」

出てきたのは予想どおり、省吾のパソコンのマウスだった。

「いまさっき、こっそり借りてきたの。びっくりした？　うふふ」

まさに子供じみたバカバカしい細工だったが、美鈴の股間に無理やり触ったことで、省吾の男性器は正直な反応をしつつあった。

「省吾さん、こっち」

今度は花音が胸を反らせ、こちらを向いて笑っている。

「下に肌着を着ておりませんの。省吾さん、こういうのはお好きじゃなくて？」

パッツンパッツンの白い体操着を、ハトのように突き出している。乳房のふくらみはないものの、ボタンのような乳首がくっきり浮き出ていた。

「お前ら、ピュアな中年男性をなに誘惑してるんだ」

言いつつも、省吾は両手の人差し指を花音の乳首に向けた。

ブレーカーをバチンと落とすように、省吾は指で下に軽く弾いた。

「やん、もっと優しく……」

花音は笑みを浮かべたまま顔を背け、目を閉じた。胸は突き出したままだ。

指の腹を乳首に当て、ごく小さな円を描く。

「ほら、体操着の上からでもわかるぞ。おっぱいの先、コリコリしてきた」

「西田さん、可愛い顔……嬉しそうに内股になってるよ」

冷やかしでも非難でもない、ちょっとうらやましそうな桃香の声が、後ろから聞こえてきた。

「花音、そろそろ確かめてみて」

「わかった」

美鈴と花音の短い問答のあと、ふいに省吾の股間に甘い衝撃が走った。

「うおっ⁉」

ズボンの中で勃起したペニスを、花音の手がつかんできたのだ。

「大丈夫みたい。カチカチ」

まさにイタズラが成功した子供の声だ。

「んふ、んふふふ」

含み笑いがベッドから聞こえた。隠しきれずに漏れたような声だった。

見ると、ベッドで桃香が三角座りでこちらを見ていた。白いソックスの両脚を抱え、小首をかしげるようにして省吾を見ている。

(ブルマと白い体操着は、このポーズが似合うなあ……)

子供らしい罠に引っかかった居心地の悪さのなか、省吾はそんなことを考えた。

「さっき、佐々山さんと花音と三人でちょっと相談したんだ」

横で美鈴が説明した。

「佐々山さんね、省吾さんがあたしや美鈴としたこと、やってみたいんだって」

反対側から花音が続ける。

「僕がお前たちとやったこと……?」

桃香を見ると、恥ずかしいのか、立ててそろえた膝に、半分顔をうずめていた。

「ここで、桃香ちゃんと、その……セックス、しろって？　お前たちはどう――」

「わたしたちは、ここで見てる」

「遠慮して上の甲板から海を見てるって、言ったんだけどね」

「ここにいてもらうほうが安心するし……ヘンな声とか、外のデッキに漏れたら、そっちのほうが恥ずかしいし」

桃香がおずおずと言うと、美鈴と花音はちょっと納得顔だ。

「僕が船を操縦してるとき、桃香ちゃんに二人を見にいってくれって頼んだとき、そんな相談をしてたのか？」

「んふ、そう。あたしが先に訊いたの。石城さんと西田さんが、どれだけ伊藤さんと仲がいいのかを知る、ゼッコーのチャンスだと思ったから」

桃香は三角座りを解き、ベッドの上で一瞬膝立ちになった。

正座をしたと思ったが、ふくらはぎがふとももの外にハの字に出ている。いわゆる女の子座りだ。膝が開いているので行儀がいいとは言えない。

「省吾、なにボーッとしてるの」

美鈴が右から小突いた。

「省吾さん、服着たままベッドに入る気？」

左から花音が小突く。

「ほらほら、なに恥ずかしがってんの。脱がしてあげようか」

美鈴がシャツの裾を持とうとしたので、慌てて拒んだ。

事情がよく呑み込めないまま、省吾は服を脱いでいった。

桃香が両手で丸をつくり、目に当てた。

「んふふ、困ったふりしても、ズボンの中で伊藤さんのアレがどうなってるのか、透視光線でわかっちゃう」

最初の三角座りは、白い体操着とブルマでよく似合っており、往年のジュニアアイドルでも見られたポーズだったが、正座を崩した女の子座りは、どことなく疑似ロリの、より妖しい雰囲気があった。

「花音はそっち。いくよ。せーの」

左右からボクサーブリーフをつかまれていた。

そしていきなり、ブリーフを一気に下げられてしまった。

弾みをつけて勃起ペニスは勢いよく跳ね上がった。

「さあ、わたしのアレ、佐々山さんに貸してあげるわ。うふふふ」

「これは僕のチン――」

「クルーザーのお礼に、あたくしのコレをお貸ししますわ」

自分のペニスなのに、所有権すら認めてもらえないのか。

ゆるゆるとベッドに乗った。

桃香は期待に笑みを浮かべ、少し場所を譲る。

「なんか抵抗あるな。先輩のクルーザーで、裸になるなんて……」

「大丈夫よ。叔父さん、このあとホテルみたいに専門の清掃員を入れるから」

省吾はベッドの真ん中で仰向けになった。

「んふふ、伊藤さぁん……」

桃香が嬉しそうに被さってくる。白い体操着に包まれた華奢な身体を抱いた。

「久しぶり、伊藤さん！」

ゼロ距離で目を合わせ、桃香はチュッとキスをしてきた。猫目のミステリアスな美少女だが、これだけの近さで見ると迫力があった。それでも顔は小さかったが。

白い体操着ごと、上半身を手のひらいっぱいで包む。

(桃香ちゃんも、体操着の下はなにも着けてないんだ……)

ごく薄い繊維の下に、あたたかな肌を感じた。

「その体操着とブルマ、着心地はどうだい？」

「バッチリ！　ハダカみたいに気持ちいいよ。水着みたいに締め付けないし」

赤いブルマに包まれたお尻を撫でた。パンツを挟んでいるが、動きやすさを重視した薄い化繊は、その下のお尻のやわらかさを充分に伝えていた。

ブルマにフェティッシュなこだわりがあったわけではないが、省吾も、体育の授業でブルマがなくなっていたことを残念に思うときがあった。

両手でお尻をつかんだ。ブルマ越しというのが、生のお尻をつかむのとは別種の背徳感を生んでいた。

「あん……お股に、なにか硬いのが、当たってる。んふふ……」

「なんだと思う？」

「わかんない。想像もできないよ」

「桃香ちゃんの、だぁい好きなものだよ」

「んふふ、エッチ！」

隣で、美鈴が桃香に顔を寄せ、ニヤニヤ笑いながら片手を添えていた。

「早くも二人だけの世界に入ってるよ」

正面から逆手《さかて》にした手のひらを滑り込ませ、股間に触れた。

「桃香ちゃんは、パソコンのマウスを仕込んでないんだね」

「んふふ、そんなもの入れたら、伊藤さん、入ってこられないでしょ？」

美鈴が、「言ってくれるじゃゃん」と小さくつぶやく。

ブルマとパンツ越しに、桃香の性器を包み、かすかに力を入れた。

「あんっ、ああ、伊藤さん……！」

省吾のすぐ上で、桃香が美しい顔を歪めた。

桃香の性器のわずかなふくらみが手のひらに乗るのだが、さすがに性器の縦線まではわからない。

手のひらをモゾモゾと動かすと、体温とともにほんのり湿り気が伝わってきた。

「桃香ちゃん、率直に訊くけど、ほんとに見られてて恥ずかしくないのか？」

「んふ、悔しそうな視線を感じるほうが、なんか、いい」

「………」

ちょっと変わった性癖を持っているのかもしれない。

「桃香ちゃん、僕の上に、乗ってくれないか？」

「え、もう乗ってるじゃない？」

「そうじゃなくて、お股を、顔の上に……」

「ほら！　省吾が、ヘンタイの正体現した」

「佐々山さん、かわいそう。ちょっとうらやましいけど」

外野がうるさい。

「んふふ、石城さんは涙と鼻水で顔を濡らしてるし、西田さんはハンカチ噛んで悔しそうにしてるわ」

強烈なカウンターパンチを食らい、美鈴と花音は顔を見合わせて苦笑いだ。

「伊藤さんのお顔に……跨ぐっていうこと？」

桃香らしいちょっと不敵な笑みから一転、不安そうに省吾を向いた。

「そう、僕の顔の横に、両膝をついて」

ベッドの上でモゾモゾと桃香は動き、省吾の顔の横に来た。

「あは、なんか恥ずかしい……」

言いながら桃香は、片脚を振り上げ、省吾の顔を跨いだ。見おろした桃香と目が合っている。

(桃香ちゃんのおっぱい、やっぱりちょっとだけふくらんでる……)

白い体操着の裾から、胸が見えていた。わずかなふくらみが左右にあるだけで、乳首の突出はない。仄暗くて見えにくいが、かえっていやらしさを増していた。

視線を直近に戻すと、すぐ目の前に、赤いブルマが迫っている。

顔を股間にうずめる前に、省吾は手のひらを滑り込ませた。

「ああっ……やぁん」

桃香は中途半端な膝立ちになり、股間を省吾の顔から十センチほど浮かしている格好だ。

「桃香ちゃん、ココに、僕のアレが、入るんだよ」

言葉を区切り、いやらしく下からささやいた。

ブルマとパンツ越しだが、少女の股間のふくらみ、そして陰唇の窪みの縦線がしっかり指に伝わってきた。姿勢のせいで陰唇はやや開いているようで、強く押さえなくても女の子の入り口はわかった。

(エッチなお汁が、にじみ出てる……!)

赤いブルマの性器のふくらみのところに、濃いにじみが浮き出ていた。五百円玉ぐらいの楕円形のにじみだ。そこだけが黒に近い赤色になっている。指がべとべとに濡れるほどではないが、しっとりと湿ってくる。湯気まで漂っている気がしたのは錯覚だろうか。

「それと、このあたりが、桃香ちゃんのお尻の穴かな?」

親指だけ後ろに回し、肛門あたりを突いた。柔軟なブルマはお尻の二つの谷間に食い込み、探すのは容易だった。

「あんっ、そこは、ダメェ……」

膝を伸ばして省吾の手から逃げようとする。

「僕、桃香ちゃんのお尻の穴でも舐められそうな気がする」

「……いつか、お風呂に入ったあとで……」

意地悪く挑発したつもりなのに、桃香の反応はいつもちょっと斜め上だ。

「桃香ちゃん、僕の顔の上に、乗ってきて。気にせずにずっしり体重をかけて」

「ずっしりなんてないわよ……」

言いながら、桃香は膝を落とし、省吾の顔の上に、ブルマの股間を落としてきた。

ちょうど鼻の頭に性器が乗る位置だった。

無意識にやっているのか、両手はWの字にして指を軽く曲げていた。かつてのジュニアアイドルのDVDで見た、体操着でバランスボールに乗って遊ぶシチュエーションを連想した。

(ああ、独特の匂い……これが、昭和の香りなのか)

クサい例えが浮かび、内心で失笑をもらす。

「桃香ちゃん、もっと体重をかけて大丈夫だよ」

ブルマに唇を押さえられ、フゴフゴと頼りない発声になってしまった。

「伊藤さん、息できないんじゃ……」

「平気だよ」

そのぐらいのほうがいいんだ、と付け加えたかったが、すぐに声も出せないほどの圧が顔の下半分にかかり、文字どおり口に出せなかった。

顔だけで少女の上半身の体重を受け止め、省吾は懸命に顎をパクパクさせた。

「ああんっ、お口、動かしちゃ、ダメ……」

顔の上で、桃香が上半身を反らしたのがわかった。

ときどき逃げようと腰を浮かしかけるが、省吾は後ろに回した両手で桃香の背中をとり、それを許さなかった。

（ブルマって、ほんとにこんな感じだったのかな？　あの時代、悪さをする先生とかいたんだろうなあ……）

コスプレ用なので、じっさいの昭和のブルマがどんなだったかはわからない。あの時代に生きていても、男子生徒なら知る由《よし》もない。それを令和時代に自分がやっていることに、誰にも自慢できない優越感を覚えた。

ふだんの桃香の香り、女性のお股の妖しい香り、そしてブルマの化繊のケミカルな匂いが渾然一体《こんぜんいったい》となり、言いようのない妖しいフレグランスを漂わせていた。

(この匂い、夢にまで見そうだ……)

「省吾さん、死にそうな顔してるよ。大丈夫かな……?」

隣で花音の不安そうな声が聞こえた。どんな顔をしているのだろう。

「大丈夫だよ。見てよ、アソコ、カチカチでビクビクしてる。喜んでるんだよ、あのヘンタイ」

美鈴がずいぶんなフォローをしていた。しかし美鈴の声には、どこか悔しさがにじんでいるのがわかった。

桃香が少し腰を引き、まっすぐ上から省吾を見てきた。

「あたしも、伊藤さんのを……よく見たい」

「僕のオチ×チンを、ペロペロしたいのかな?」

「やん、見たいだけ」

もう少し桃香の股間を堪能したい省吾は、こう答えた。

「じゃあ、桃香ちゃん、上下反対向きになってくれないか?」

いわゆるシックスナインだが、言葉まで教える必要はないだろう。

桃香はブルマの股間をできるだけ省吾の顔から離さず、器用に前後逆になり、上半身を倒した。桃香の顔の前には、省吾の勃起ペニスがまともにあるはずだ。

「え、え、省吾、佐々山さんに、なにやらせる気……」

「うわぁ、超ヘンタイ……」

美鈴と花音が、かすれた声をあげている。

少女たちにとって、シックスナインは許容《きょよう》を越えた変態プレイに見えるのだろう。

「これで二人とも同時に、恥ずかしいところを味わえるだろ」

今度は花音が、美鈴に片手を添えていた。

「味わえる、とか言ってるよ……」

「これ、触っても痛くないいんですか？」

「そりゃ、つねったり爪を立てたりしたら痛いよ。自分のアソコとおんなじだと思えばいい」

納得したらしい沈黙。そして、おそるおそるペニスに触ってくる感触があった。

「佐々山さん、それ、凶暴な顔してるけど、嚙みついたりしないから大丈夫だよ」

美鈴が、ややからかい調子のフォローをした。

（んんっ……こわごわ触られるってのは、くすぐったいもんだな……）

「伊藤さん、先からなにか出てる。おしっこじゃ……？」

「おしっこじゃないよ。それも桃香ちゃんと同じ」

やはり納得の沈黙だが、それ以上の説明を拒む雰囲気もあった。

「ホントだ……なんかネバネバしてる。んふ、棒は硬いけど、先っぽはプニプニして可愛い」

少女の細い指で、強弱をつけて亀頭をつままれるのは、独特のじれったさがあり、これまでの性体験でも地味に初めてだった。

「佐々山さん、男の人のワイセツブツを初めて見た感想はどう？」

「んー、怖い」

「顔が笑ってるよ」

美鈴の問いに桃香が答え、花音がツッコんだ。

(この小ささ……はっきり子供のお尻だとわかるな)

赤いブルマに包まれたお尻を見上げながら、省吾は罪悪感と背徳感、言いようのない優越感を覚え、シーツに押し付けた背中がぞくりと冷たくなった。

シックスナインの経験はある。この見上げる体勢だと、女性の腰はじっさいよりも大きく感じるものだ。しかし目と心は騙せない。六年生で骨盤はふくらみかけていても、ランドセルを背負う子供の腰のサイズなのがはっきりわかる。しかもブルマ姿なのだ。

（ブルマのにじみ、大きくなってる……そういう仕様なのか？）

垂れてくるほどではないが、ブルマの性器あたりは、にじみが浮き出て、テカりすら出ていた。三十年ほど前の本物のブルマも、こんなだったのだろうか。それともコスプレ用で、そういう劣情を煽《あお》るようになっているのか。

（このブルマのお尻の撫で心地、たまらない……）

二つのお尻の小山を、円を描くように手のひらいっぱいで撫でた。

かつて付き合っていた女性と水族館のイルカショーに行ったことを、ふいに思い出した。イルカと触れ合う演出があり、その水棲《すいせい》哺乳類の表皮と、ブルマの化繊の触感が似ていると思ったのだ。

「見て、省吾のいやらしい撫で方」

「でも、あの撫で方、優しいよ。気持ちよさそう……」

美鈴と花音が、声をひそめて評論している。

顔を起こし、赤いブルマのにじみに口を触れさせた。

「ひあっ……！」

短くて高い声が腰から聞こえ、ペニスをつまんでいる細い指に動揺が走ったのがわかった。

ゆるゆると唇を動かし、舌でブルマのぬめりを舐めた。

淫蜜に味らしい味はない。しかし、ほんのりとしょっぱかった。常温のスポーツドリンクを舐めたような食味だ。ジャングルジムやラジオ体操で汗をかいたからか。

(それとも、桃香ちゃんのおしっこの拭き残しかな?)

過度に性器を刺激しないよう、チロチロとブルマ越しに性器を舐めた。

「桃香ちゃん、ブルマ、脱がしていいかな?」

ブルマフェチに目覚めそうだが、やはり裸体操そのものにはかなわない。

「……どうぞ」

ややあらたまった言い方なのは、羞恥と恐れの表れか。

外から手を回し、ブルマの腰ゴムをとった。めくっていくと白いパンツが現れた。

桃香の足と自分の顔が邪魔にならないよう、するすると脱がしていく。

(パンツもベチョベチョだ……)

白いパンツの股間部分はグレーににじみ、それこそ蜜が滴《したた》りそうになっていた。

「白い体操着と白いパンツって、すごいエッチだね」

「見て、佐々山さん、省吾さんのアレを、握ってる」

二人のヒソヒソ話のとおり、ペニスを小さな手で軽く握られる感触があった。怖れなのか、その力は弱い。

「伊藤さん、これ、ギュッて握ったら痛い？」

「握るのは大丈夫だけど、下に強く引っ張らないでくれ」

「わかった。これ、ブルブル振っちゃったら、気持ちいい？」

「だから、桃香ちゃんと同じだって」

「…………」

いわゆる手コキをしてくれるのかと思ったら、ちがった。

ペニスを持ちながら、メトロノームのように左右にブンブン振ったのだ。

「そうじゃない。チ×ポを握りながら、上下にこするんだ」

小学六年生の女児に手コキ指導。非現実感が頭によぎり、一瞬だが気が遠くなりそうになった。

「んあっ……そう、桃香ちゃん、気持ちいいよ」

小さな手で、亀頭のカリのすぐ下をつまみ、上下に小刻みにこすってきた。

「聞いた？　省吾、すごいエッチな声」

「ああやると、男の人は気持ちいいんだ。メモメモ」

花音が手のひらに字を書くジェスチャーをしていた。

再び顔をもたげ、口をOの字に大きく開くと、パンツの上から股間に触れさせた。

強く吸い込むと、トロミのある淫蜜が大量に口に入ってきた。喉を鳴らし、嚥下《えんげ》していく。パンツに吸わせてはもったいないと思ったのだ。

「桃香ちゃん、握る力とか速さとか、強弱をつけると、男の人は喜ぶよ」

「男の人って……自分のことでしょ」

「いまの省吾さんの言い方、あたしの担任の先生に似てた……」

ウルサイ外野とちがって、桃香は黙ってそのとおりにした。

格段にペニスの気持ちよさが上がり、情けないことに射精の予感が少し走った。

「んん……桃香ちゃん、パンツも、脱がすぞ」

ほとんど呻きながら、桃香の返事も待たずに、省吾はパンツの腰ゴムをつかんだ。

プリンッ、と、色白のお尻が二つ、現れた。

女性のナイロンパンティなら、するすると巻きながら下ろしていくところだが、コットンなのでうまく巻いていかず、しわくちゃのまま、ふとももを下げていった。

ブルマ同様、片脚が抜けたところで足首に放っておく。

少し足を広げさせ、その光景に息を呑んだ。

（毛がないアソコを逆さに見たら、こんな眺めなんだ……）

わかっていたのに驚く。恥毛のない女性器は、すでに美鈴と花音で見ている。しかし、驚きと感動は少しも減じない。これまでの成人女性とのシックスナインの経験が、ほとんど役に立たない。

性器はふとももや肌と同じく、あたたかな白色で、デリケートなふくらみに薄ピンクの縦線が走っているだけだ。

外側から手を回し、お尻を下に押し付けた。濡れた性器が顔に触れる。

「あんっ、ああんっ！」

ペニスを握る手に、ふいに力が入り、桃香が小さく呻いた。

省吾は無毛の性器に顔をうずめ、舌に強く力を入れて陰唇を舐めほじった。

「ああんっ、伊藤さんっ、そんなに強く舐めたら……あああっ！」

ペニスに、指以外のあたたかなものに触れる感触があった。握ったまま、ペニスの軸棒を頬に当てているらしい。

濡れた深い恥毛を掻き分けつつ、顔を濡らしながらクンニリングス。姿勢的にそうなるはずが、まったく恥毛がないので、全体的な質量の足りなさも相まって、不安になるほど頼りなかった。

「これ……伊藤さんのを、舐めても、大丈夫、かな……？」

声の聞こえる方向がちがう。省吾にではなく、桃香と花音に訊いているようだ。

「え、舐めちゃうの、そんなの……？」

「舐めた瞬間、『うっ』て呻いて、口の端から血を流すかも」

青酸カリを塗ってるわけじゃないぞ、と省吾は心の中でツッコむ。

ブルマ姿のまま、花音がスマホをいじっていた。

「わかった。それ、ふぇらちお、って言うんだって」

名称を検索していたのか。「オチ×チン・舐める」とでも打ったのだろうか。

「ふうん、命に関わる行為じゃないみたい」

「ただちに影響がないレベルでしょ」

花音のスマホを、二人が覗き込んでいた。

書いてもいないはずのことを言うのは、やっかみからか。

「こら、お前ら、なんのサイトを見てるんだ」

「ウィキだよ。ヘンな画像は見てないよ」

美鈴と花音は、バツが悪そうに笑う。

「……伊藤さん、これ、すっぽり呑み込んだら、気持ちいい？」

「うん。お口に出てしまうかも」

「えー、それは困る」

ぜんぜん困ったふうでもなく、笑いながら桃香は言った。

軸棒を控えめに舐めるだけだったフェラチオがとまった。両手で根元を軽く握られている。

「んおおっ……桃香ちゃんっ！」

亀頭を小さく舐めてくるかと思ったら、唇でけっこうな圧をかけて、まっすぐ上から呑み込んだらしい。ふいに走った強い官能に、クンニリングスしていた唇を離してしまう。

「そう、桃香ちゃん、そのまま……お口でズポズポしてくれると……」

桃香の無毛の性器から省吾の口まで、妖しい糸でつながっていた。

省吾のふともものに華奢な両手を置き、桃香は懸命に顔を上下していた。

（小さな口でやられると、たまらない……！）

猫目を細め、ニヒッと笑うと口が大きく見えるが、そこはまだ小学生だ。そもそも顔自体が小さい。そして質量の小ささを生かして、わりと高速で口ピストンをするので、気持ちよさは予想をはるかに超えていた。

「ほら、省吾のほうがうろたえてる」

「佐々山さん、ときどき舌を使ってるよ。すごいじょうず……」

ドン引き気味だった美鈴と花音の声に、羨望が混ざるようになっていた。

（これ、ダメだ。気持ちよすぎる。ホントに出ちゃいそうだ）

桃香を喜ばせるために、口内射精を匂わせたが、このままだと本当に射精のスイッチが入ってしまいそうだ。

女子小学生が初めて挑むフェラチオで、あえなく射精。なんとなく沽券《こけん》にかかわるような気がした。

「桃香ちゃん、ありがとう、もういいよ。ホントに出そうだ」

正直に白旗を上げた。

「んふ、それでもいいけど」

桃香の含み笑いが聞こえ、亀頭を舌で一周された。ペニスに対する苦手意識は克服したらしい。

「見て、なんかキャンディ舐めてるみたい」

「舌なめずりしたよ。ホントに猫みたい」

二人のギャラリーの口調が、はっきりとやっかみになっている。

ゆるゆると姿勢を戻し、桃香は上から覗き込んできた。

「伊藤さん、して……」

桃香らしい笑みを浮かべ、短く言った。だが、心に余裕のあるうちにコトを進めたいという焦りも見え隠れしている。

「……いいのか？　もう少し大きくなってから、付き合ってる男の人と自然に……」

桃香は省吾を見つめながら、かすかに小首をかしげた。拒絶の意図はわかった。覆いかぶさってくる猫目の少女の笑みに、決意を秘めた独特のすごみがあった。

「……どんな姿勢でする？」

自分が下の位置で、こんなことを訊くのは初めてだ。

「どんな方法でも……痛くないやり方で」

「痛い方法なんて、するわけないだろ」

安心させるように言い、桃香の上半身を支える華奢な腕を優しく撫でた。

「じゃあ、このまま、やってみようか」

「このまま……？」

ふと笑みを消し、呆気《あっけ》に取られて目を見開いた。猫目の美少女が驚いて目を大きくするとこんな表情になるのかと、こんなときにそんなことを思った。

「このままゆっくり、桃香ちゃんが腰を落としていくんだ。そうしたら、僕のモノが突き刺さるだろう？」

突き刺さる、は適切な表現ではなかったかもしれない。

桃香のわき腹から腰、ふとももまでを、そっと撫でた。ここを落とすんだよ、という意味のつもりだったが、ただのいやらしいお触りになったかもしれない。

「それは……痛くない？」

「どんな方法でも、最初の一回目は、ちょっと痛いかもしれない」

桃香は顔を横に向けた。

視線を受けた桃香と花音が、同時にかすかにうなずく。

「だいじょうぶ、ちょっとチクってするだけだよ」

「それより、すごい感覚が身体いっぱいに走るから！」

二人のフォローに熱い励ましがこもっていた。花音はこぶしまで振り上げている。

「じゃあ、このまま……」

もう一度勇気を振り絞った桃香が、省吾に満面の猫目の笑みを向けた。

桃香の腰に片手を添えた。ごく軽く、下向きに力を入れる。

「ここを、ゆっくり下ろしてくるんだ」

残る片手で、ペニスの根元をとり、勃起を立てた。

「あっ……」

ペニスの先が桃香の膣に触れた瞬間、桃香は小さく呻き、笑みを消した。

「ここだ……ここが、桃香ちゃんの入り口。まだ痛くないだろう？ 痛ければ、自分で動きを止めればいいんだ」

口調と声の大きさに注意を払い、不安を取り除くよう努める。

桃香は完全に笑みを消し、ただ一点、省吾の目だけを見つめていた。

そうして、じつにゆっくりと、腰を落としてきた。

「そうだ……自分の中にはいっていくのが、わかるだろう？」

桃香は答えない。

今度は、美しい女子小学生が、緊張に顔を震わせるとこんな顔になるのかと思った。

「んんっ……！」

「んあっ、ああっ……先っぽが入った。どうだ？」

ふいに、亀頭がすっぽりと入ってしまった。一瞬の強い刺激に、桃香は顎を出し、目を閉じた。

（桃香ちゃんのは、入り口が狭くなってるのかな……？）

入りさえすれば、あとはラクなのだろうか。女子小学生の破瓜は三人目だが、それぞれに個性があるものだと思った。

目を開けた桃香は、また省吾を見つめたが、まなざしは震えていた。イタズラっぽい笑みしか印象のない口元が、真剣に一文字に閉じている。

ゆっくりと、桃香は腰を沈めていく。

「いああっ……⁉」

また高くて短い声を出し、顎を出した。そして、そのまま動きを止める。

緊張した沈黙が豪華キャビンを包んだ。

それを破ったのは、ギャラリーの二人だった。

「佐々山さん、それたぶん、最初の一瞬だけだよ」

「そう、安心して。もう二度とないから」

口調に、先輩風を吹かす様子はなかった。

見たこともない真剣な表情で、なおも桃香は挿入を続けた。

（自分はほとんど動いてないのに、こんなに緊張したの、初めてだよ……）

腹筋まで無駄に力が入っている。

「ああ、あああ……伊藤さんのが、来てる……！」

泣きそうな顔だが、潤んだ瞳は決然としている。信じがたいほどゆっくりと、桃香はみずからの意思で、省吾のペニスを埋没させていった。

ふと横を見ると、美鈴と花音がすぐそばまで来ていた。

「佐々山さん、もうすぐだよ」

「がんばって」

つらい治療に耐える友だちを見舞いに来た友だちのようだ。

「桃香ちゃん、もう、ほとんど入ってる……いけそうか？」

至近距離で見つめ合い、省吾は絞り出すような声で訊いた。

「いける……伊藤さんのが、いっぱい、いっぱい……来てる」

桃香はさらに絞り出すようだ。はっきりと声が震えている。

やがて、省吾のペニスは完全に桃香の性器の奥に消えた。

「ぜんぶ、入ったよ、佐々山さん」

「お尻、そのまま省吾さんに乗せられる？」

美鈴と花音は顔を斜めにして結合部を見つめていた。

「桃香ちゃん、僕たち、セックスしてるよ」

「んあっ、あっ……あんっ、あああっ……」

喘ぎとも乱れた呼吸ともつかない不規則な声を漏らす。

上半身を支えている肘がくの字に曲がり、震えていた。

わずかに上半身を起こすと、結合部を刺激しないよう、両手で優しく桃香の背中を抱いた。そのまま自分の胸に抱き寄せる。

「でも、伊藤さん、まだ完全に、いい気持ちになってないんでしょう？　だって……」

省吾の肩に乗せた顔から、不安そうな声が小さくなって消えた。

射精のことを言っているのだ。そうしないとセックスは完了しない。

「桃香ちゃん、自分でバコバコして、僕を天国に行かせるなんて、無理だろう？」

やはり返事をしない。女性上位で男性を射精に導くには、当然、経験が必要だ。

省吾は外から両手を回し、桃香のお尻をつかんだ。

美鈴や花音に比べ、後ろに向けて肉厚のあるお尻だが、触れてみるとそれぞれの手のひらに、すっぽり収まってしまう。

「じゃあ、今度は僕が動いてもいいかい？」

「お願い。でも、どうやって……？」

すぐに同意したが、そんな方法があるのかと、不安な口調は変わらない。経験則を持たない桃香には、万事休すなのだろう。

「上下を入れ替わろう。いいかな……」

片手でお尻の両方をいっぺんにつかみ、もう一方の手で、桃香のまだ骨っぽい背中をしっかりつかんだ。

そうして慎重に、シーツの上で上下を入れ替わった。結合部を刺激しないよう、細心の注意を払う。

仰向けになった桃香は、位置関係が逆になっただけで、さらに小さく見えた。

（ホントにまだ子供なんだ……）

あらためて、そんなことを思う。

スタイルがよく、背も高く、女性らしいラインができていても、まだ脂肪が不充分なのだ。小さな肩など、まだ骨っぽい角が残っている。

ふいに桃香が、小さく笑いを浮かべた。いつものイタズラっぽい猫目の笑みだ。

「伊藤さん、気を遣ってくれてうれしいけど、激痛に耐えてるわけじゃないよ」

そうか、と省吾は思う。初めて体験する強い性感に顔をしかめていても、それは痛みとは別種の感覚なのだ。

「桃香ちゃんの顔見てたら、気の毒すぎて、つい慎重になっちゃうんだ」

ちょっと茶化して言う。

「そうそう、痛いわけじゃないのに、こんな顔になっちゃうんだよね……」

「あたしも、こんな顔してたはず……なんか恥ずかしい」

美鈴と花音も同意する。まだ十二歳と十一歳なのに、女性全体の平均的な意見を代弁しているようで、ちょっとナマイキだと思った。

「動いても、大丈夫なんだな？」

「うん……ゆっくりお願い」

「手の先まで震えてるぞ？」

桃香は両手を赤ん坊のようにWの字にしていた。

「……指先まで、痺れてるから」

つまり指の末端まで、官能に支配されているということか。

わかるー、と美鈴がつぶやいていた。

桃香の顔のわきに両手をつき、腰に全神経を集中した。

きわめて慎重に、最奥まで貫いたペニスを抜いていく。

「んんっ……伊藤さんっ」

桃香は目を閉じ、顔を横に逸らせた。

(桃香ちゃんのオマ×コ、入り口がキツい……首を絞められてるみたいだ)

膣口で強くペニスの軸棒を挟んでいた。興味はないが、窒息オナニーという言葉が頭に浮かんだ。

桃香の表情を見ながら、じれったいほどゆっくりと抜根していく。

「見て、省吾のシンケンな顔……」

「ね、怒ってるみたい」

ふと、失笑が漏れそうになる。目尻にまで無駄な力が入り、目を細めていた。

「どうだ、桃香ちゃん?」

「ん……なんか、伊藤さんのが、出ていってる感じ……」

桃香も神経を性器に集中させているので、見なくても状況は正確に把握しているだろう。

「そのまんまでございますわね……」

花音のセレブ口調のツッコミは不発に終わったようだ。

膣口で亀頭のカリが引っかかった。逃がすまいとしているかのようだ。

「あん……伊藤さん、出ていっちゃう……」

過度の緊張はゆるみ、口調には不満からくる不安がにじんでいた。

「大丈夫だよ」

省吾は短く言い、再びペニスを埋没させていった。

「あんっ！　ああん……伊藤さん、また、来たぁ……」

桃香は顎を出し、強く目を閉じた。にもかかわらず、口の端は桃香らしく上がり、笑みを浮かべている。

最初の挿入時の半分ほどの時間で、長いペニスは桃香の膣奥に達した。

「んん……伊藤さんのが、いっぱい、いっぱい、来てる……」

猫目の美少女が不安と悦びを一度に顔に表すと、こんな表情になるのかと思った。

ジュニアアイドルのＤＶＤや写真集では、決して見られない表情だ。

だが、ロリ美少女の喘ぎ顔に、どこかで既視感もあった。

(そうだ、疑似ロリだ)

児ポ法に抵触しないよう成人女性に小学生の格好をさせる、ＡＶ業界の苦肉の策。

暗い優越感を覚えた。

(この子たちは、本物の小学生なんだぞ……)

おそらく、疑似ロリに出演している小柄なＡＶ女優の、半分ほどの年齢なのだ。

ゆっくり抜いていき、膣口とカリで引っかけ、また挿入していく。

桃香の表情に、怖れとはちがう緊迫感が浮かんでいた。

「どうだ？」

「……わかんない。身体じゅうが、ビリビリしてる……」

今度は花音が、わかる、とつぶやいていた。

「お前たち、どうしたんだ？　息が荒いぞ」

ふと、省吾は横を向き、美鈴と花音をからかった。

頬を赤くしている二人は、顔を見合わせ、苦笑していた。

だが、一番息が荒いのは桃香だった。不規則で大きく、乱れた呼吸をしている。

抜いていき、挿入する。ゆっくりとスピードを速めていき、次第にピストン運動らしくなっていく。

「気持ちいいか？」

「……わかんない、わかんないよ」

ごくかすかに、いらだちがこもっていた。答える余裕などない、という思いと、野暮なことを訊くな、というニュアンスだろうか。

痛みに顔をしかめる様子はないので、ピストンはだんだんと遠慮のない速さになっていった。

「ああっ、あああっ！　伊藤さんっ、ダメッ、速すぎっ……！」

調子に乗りすぎたかと、腰の前後運動をゆるめた。だが。

「あんっ、遅くしちゃダメッ。もっと……」

桃香は顔を振り、やり場のない両手をでたらめに動かし、シーツを鷲づかみにし、省吾の腕をつかんできた。

ピストンは最速になった。開通したばかりの狭い膣道に、ペニスも強い刺激を受け、狭い膣口から受ける直截的な刺激は、童貞喪失の初めてのセックスを越え、初めてのオナニー体験まで匹敵するほどだった。

「あんっ！　あああっ！　いとっ……伊藤さ……ああっ、いやあああっ！」

桃香が、ひときわ高い声をあげた。

長い髪が意思を持っているかのように、シーツに振り乱れた。

華奢な桃香の両脚が、省吾の腰回りを挟んだ。ピストンを阻害するほどの強さだったが、むろん制止の意図はないだろう。

（桃香ちゃん、もしかして、イッたのか？）

白い顔は紅潮し、キャパシティいっぱいなのが顔全体に表れている。

よだれこそ出ていないが、潤った唇はしまらなく開いている。いや歪んでいるのか。

激しく顔を振り、横顔を強くシーツに押し付けた。

「いやっ……いやああっ」

口を大きく開け、絶叫したかと思うと、顎を引き、歯を食いしばる。

つかんだ白いシーツを噛もうとしたとき、省吾も射精のスイッチが入った。

「桃香ちゃんっ、出るっ……！」

ピストンは最速になり、双方の股間が熱を帯びていた。

狭くて熱い膣道に、省吾は精液を射ち放った。

「んおっ……おおおっ、ももっ……桃香ちゃんっ！」

「いやあっ！　あつっ、来てるっ、来てるっ！　熱いっ……ああっ、いやああっ！」

桃香は断片的に言葉を発し、結合部を揺らされたまま身体をくねらせていた。

桃香の絶叫は一部裏返り、耳を直接震わせた。

射精の途中、自分自身も、全身に汗を浮かせていた。息をしているのかも、止めているのかもわからない。

激しい吐精を終えても、なお搾《しぼ》り取ろうとするかのように、桃香の幼い膣が締め付けてきた。

息を喘がしつつ、膣の最奥で動きをとめた。

「桃香ちゃん、出た……最高に気持ちよかった……」

横で美鈴が、花音に向かって片手を添えているのが見えた。

「わたしたちより、よかったってこと？」

そういうつもりではない。あとで言い訳をしなければと思った。

「……桃香ちゃん、抜くよ」

桃香の瞳を見つめながら言った。しかし、桃香は省吾の腕をつかみ、制止した。

「ダメ……一生、このまま」

上気した顔にかすかに笑みを浮かべ、うっとりと言った。

「あらら、わたしたちだって、そんなこと言わなかったよ……」

「佐々山さん、ダメだよ。それ、あたしたちが先に見つけたオモチャなんだから」

オモチャとは言ってくれる。

ゆっくりとペニスを抜いていった。

桃香の顔には、仕方ないわね、と未練のこもる苦笑が浮かんでいる。

だが、亀頭が膣口に引っかかり、少し弾みをつけて引き抜くと、「うんっ……！」

と呻いて顎を出した。

桃香が火照った顔に満足そうな笑みを浮かべ、両手をゆるゆると差し出してきた。

(マタタビに酔った猫みたいだ……)

猫に似た美少女なのか、美少女に似た猫なのか。そんなことを思う。

ゆっくり上半身を倒し、桃香を抱き寄せた。

「ああ……ドキドキしたけど、気持ちよかった……伊藤さん、大好き」

シアワセいっぱいの声で耳元で言われた。

「ほらー、また二人だけの世界に入っちゃってる」

「あのー、そろそろ後ろがつかえてるんですけど」

花音がこぶしをつくり、横に向けてノックするジェスチャーをする。

二人ともブルマ姿で座ったまま、膝をつけて足先をハの字に広げていた。股間が落ち着かないのかもしれない。

ゆっくりと、桃香は二人に向いた。

「石城さんと西田さん、ありがとう。二人がいてくれて、けっこう心強かったの」

感謝されてしまい、美鈴と花音は不満のやり場所をなくしてしまった。

桃香は省吾に向き直り、至近距離で満面に笑みを浮かべた。

「でも、次は二人っきりでしたいね。んふふふ」

逃がさない、というように、省吾の腕をしっかりつかんできた。

「はいはい、時間オーバーしてますよ」

「替わってくださる？　初回サービスで多めの時間を差し上げたのよ」

もう我慢できないとばかり、二人は上半身を屈め、緑のブルマと黒いブルマをいそいそと脱ぎはじめた。

エピローグ

クルーザーを岸に戻し、洋館に戻るともう夕刻が近づいていた。

食材は四人の一日半分だったが、大勢の来客を見越した、家庭では見ない料理素材もあり、興味深かった。

美鈴と花音、そして桃香の情報交換の場ともなり、制服の評判や、学校の校風、授業の進み具合などを話し合い、盛り上がっていた。

この施設の方針にも話が及び、次々と無責任なアイデアが湧き出て、意外に実りあるパワーディナーとなった。

その後、省吾と三人の少女は別々に入浴した。

混浴をせがまれると思っていた省吾は、内心でちょっと驚いたものだ。

白いバスローブがあったので、すっかりくつろいだ気分になった。

子供であろうと、女性は長湯だ。省吾は用意されていた部屋のひとつに入り、パソコンを広げた。

少女たちが言っていたここの問題点を書いていく。宿泊施設、遊具施設、全体の演出や核となるテーマ、食事中に出たゆるキャラのアイデアも、いい加減なデザイン画を残しておく。

スマホが鳴った。花音からの着信だった。

『五分後に行きます。電気を消して待っててください』

わかりやすいお誘いの文面に失笑が漏れた。五年生の女の子が書く文章ではない。

仕方なしに、部屋の照明を落とした。部屋が真っ暗でも、パソコンのディスプレイは明るいので、入力に支障はない。

切りのいいところで保存を押し、画面を消した。

（デリヘルを待つときって、こんな気分なのかな……）

呼んだ経験はなかったが、このワクワク感はちょっとわかる。

ワザとらしく椅子に腰掛け、パソコンを打つフリをして待った。

ちょうど五分後、控えめにノックが聞こえてきた。

三人でいっせいに、ワーッと押し寄せてくるかと思ったが、ちがったようだ。

扉をゆっくり開いて入ってきたのは、一人だけだったのだ。

部屋は暗く、廊下は明るいため、逆光で顔はすぐにわからない。

だが、身長で誰だかはわかる。

「あれ、花音だけ？」

花音はワンピースのネグリジェを着ていた。逆光で透け、背は低いが、スタイルのよさがぼんやりと浮き出ている。

「そう。とりあえずね。んふふふ」

花音はドアを開け放ったまま、省吾に近づいた。

薄いネグリジェを纏《まと》うロングの黒髪の美少女、憎らしいほど似合っていた。

「ありゃ、パンツは自前なのかい？」

野暮なツッコミが口を突いて出た。ネグリジェから透かし見えるパンツは、白いコットンだったのだ。

「これとセットの、小さなパンティがあっただろ」

「あ、あれがそうなの？　気づかなかった」

股間を包むわずかな逆三角のパンティで、無毛の花音が穿いたら、縦線がくっきり浮き出てくるだろう。

「このほうがいいよ。小学生が無理してる感があって」

「やだ、ぜんぜんほめてない」

アヒル口に苦笑いを浮かべ、花音が抱きついてきた。

サラサラしたシルクの質感の下に、脂肪が充分に乗らずまだ骨っぽい花音の背中のあたたかさが伝わってきた。

滑るように手を下げると、背中の窪みからパンツの腰ゴムに当たり、コットンパンツに包まれた、ふんわりしたお尻に着く。

「うふん、このパジャマ、家でも着たいけど、透け透けでママに怒られそう」

「僕の家で遊ぶときだけにしよう」

お椀にした手のひらで、お尻を撫でつつ言った。

「うん！　あは、いつか省吾さんの家でお泊りしたいなぁ」

可愛いことを言ってくれる。

花音はそのまま、ゆっくりしゃがんだ。裾の長いネグリジェだが、内股気味の細いふとももが透かし見え、えらくセクシーに見えた。

（昔のジュニアアイドルのＤＶＤにも、こんなにきわどいのはなかったなぁ）

二千ゼロ年代の終わり、きわどいものが出はじめた直後に、いっせいにピンク書店から姿を消したように記憶していた。

花音は省吾のバスローブの腰ひもをほどいた。

「んふふ、んふふふ」

バスローブを開くと、すでに勃起状態になっているペニスが現れ、花音が小学生離れした含み笑いを漏らす。

「なにがおかしいんだよ」

「こんなもの見て、驚いてない自分に驚いてるの。んふふ」

「驚いてないっていうか、期待でワクワクしてるんだろ」

「じつはそー。んふふふ」

否定すらしない。

上から見おろす、長い黒髪の艶が美しい。

花音は小さな手でペニスをつかんだ。まっすぐ正面に向き合い、「んふふ」と含み笑いをこぼしながら、ゆっくりとペニスを呑み込んでいった。

「はううっ……」

ペニスを両手で包むように持ち、小さな口いっぱいに、呑み込んでいた。

そうしてクルーザーで覚えたばかりの、お口ピストンの真似事を始めた。

ジュニアアイドルのDVDで似たシーンを思い出した。

(そうだ、長い棒キャンディを咥えるのを、上から映したシーンだ……)

しかしいま花音が咥えているのは、文字どおりの自分の勃起ペニスなのだ。いわゆる疑似フェラではない。そう思うと、暗い優越感を覚えた。

「花音、おいしいかい?」

花音はペニスを咥えたまま、軽く顔を左右に振った。口からわずかにペニスが離れる。笑いがこぼれそうになったらしい。

廊下の外に人影が見えた。中が暗いのですぐわかった。

「あれ、桃香ちゃん……?」

逆光で暗くても、セーラー服のシルエットが見えた。

花音も口からペニスを離して振り返った。名残惜しいのか、口から離れるとき、本当に、ちゅぷん、と音が鳴った。

セーラー服姿の少女は、うつむいてゆっくり室内に入ってきた。

「そんな服を着てきたら、汚れちゃうぞ?」

省吾もセックスを前提に言った。

「いいの。予備があるし、これ、帰ったらお洗濯に出すから」

なんだか押し殺した声だ。

扉の外に、また少女の人影が映った。美鈴だろう。

白いバスローブを巻いて、うつむき加減に笑いをこらえているようだ。

バスローブには腰ひもが巻いていない。そして左右を交差させて強く巻き付けている。裾から見える華奢なふくらはぎが可愛らしい。

なにをしようとしているのかは予想がついた。

「ばあっ！」

露出狂の女子小学生バージョンだ。脚を開いており、見せる気満々だ。

逆光でも、かすかにふくらんだ微乳、くびれかけた腰、ふくらみはじめた骨盤、そしてデリケートな女の子の股間のふくらみとスリットが見える。

だが、死ぬほど驚かされた。

「桃香ちゃん⁉」

「んふふ、びっくりした？　伊藤さん」

露出狂の変質者ごっこをしていたのは、美鈴ではなく桃香だったのだ。

慌てて、すぐ目の前のセーラー服の少女を見た。

顎に手をかけてやろうかと思ったが、その必要はなく、満面にイタズラっぽい笑みを浮かべた美鈴が顔を上げた。

「うふふ、びっくりした？　省吾」

美鈴が、してやったりの子供らしい笑みを浮かべて言った。

「だって、佐々山さんが着てたら、コスプレにならないじゃない」

美鈴がよくわからない理屈を主張した。

「花音はエロネグリジェだけど、じゃあ桃香ちゃんはバスローブの下の裸がコスプレなのかい？」

よくわからない反論をしてみた。

「んふふ、ハダカが一番のコスプレだって、名言を教えてもらったの」

美鈴と花音がにんまり笑う。そういえばコイツらのセリフか。

「美鈴と佐々山さん、ご用が済んだら遠慮してくださるかしら？　省吾さん、ベッドに行きませんこと？」

フェラチオを邪魔されたかたちの花音が、省吾のバスローブの袖をとって言った。

アヒル口を強調し、流し目で美鈴と桃香を見る表情は効果バッチリだった。

（いや、うますぎる。冗談でも使い方を間違えないほうがいいな。嫌味な上から目線が、じょうずすぎるんだ……）

いつか注意したほうがいいかもしれない。

「イジワル言っちゃダメ、花音。オモチャは独り占めしないの。三人のなんだから」

「これは、僕のだって」

「省吾に所有権はないの。悪いけど」

「そうよ。伊藤さんがソレを使っていいのは、お手洗いのときだけ。んふふふ」

つまり、おしっこをするときだけか。精液を出す目的で、三人といるとき以外使ってはならないと？

「伊藤さん、こうなることがわかって、この部屋にしたんでしょ？」

顎を引き、猫目の上目遣いで桃香が訊いてきた。

見ると、ダブルベッドだった。

大人の省吾と、小学生の少女三人ぐらい、ラクに乗れるサイズだ。

「いや、そんなつもりじゃ……」

「いいって、いいって」

美鈴が腹の立つ笑い声で言う。

「こんなもん、脱いじゃえ」

美鈴が笑いながら、省吾のバスローブの肩に手をかけ、一瞬で脱がした。

花音と美鈴に両手をとられ、ベッドに上がった。

「ダメ、あたしが一番乗りだよぉ」

ペニスに近づこうとした美鈴と桃香を制し、花音が省吾の腰のわきにしゃがんだ。

ペニスを小さな指でつまみ、垂直にして顔を近づけた。おそるおそる舌を出す。

「フーフーしないと熱いよ」

美鈴が言うと、花音は唇を丸め、湿った吐息を省吾のペニスに吹きかけた。

「味噌汁か」

省吾のツッコミは誰も聞いていない。

見ると腰の反対側の位置に、桃香がきっちり座っていた。バスローブを脱いで全裸になっている。居場所を奪われた格好の美鈴は、桃香の黒っぽいセーラー服を着たまま、省吾の顔の横に女座りでしゃがんでいた。

「お前も、そのセーラー服、似合うな」

「うん。気に入ってる。転校しようかな。うふふ」

長い黒髪を、指を曲げて掻き分ける。桃香のような神秘性はないが、それこそジュニアアイドルのコスプレのような魅力ある画になっていた。

「見て。佐々山さん、子猫みたいな目をして狙ってる」

花音が怖ごわフェラチオするのを、桃香が顔を寄せてじっと見つめていた。

「んふふ、西田さん、トウモロコシ頬張ってるみたい」

「省吾さん、気持ちいいの？」

花音が不安そうに訊いてきた。舌を出したまま目だけを上げているので、ジュニアアイドルのDVDでもあまり見られないエロさだ。

「んー、軸をチロチロされて気持ちいいけど……くすぐったさのほうが大きいな」

「貸して。こうするの」

じつに優雅な手つきで、桃香はペニスを奪い取った。クルーザーで一度やっただけなのに、先輩ヅラが堂に入っている。

桃香はペニスを立てると、舌を三角に突き出し、わりと強めに軸棒をこそげた。

「えー、あたしとあんまり変わらないのに……」

花音は不満声だ。

「自分でいい気持ちになりたいときのことを思えばいいのよ」

桃香が爆弾級のアドバイスを落とす。さすがに、美鈴も花音もノーコメントだ。

だが、そのアドバイスに心当たりがあるのか、替わったとき、花音のフェラチオテクニックは格段に上達していた。あるいは吹っ切れたのか。

「んあぁっ……花音、すごくうまくなった」

唾液まみれの舌で、大胆にベロンベロンと舐めてくる。

「上から呑み込んで、唇で挟んであげると喜ぶよ」

「……なんでそんなこと知ってるんだよ」

強くなったペニスへの刺激に耐えつつ、省吾はツッコんだ。

「だって伊藤さん、そこを舐め舐めしてるとき、一番苦しそうな顔だったもん」

「…………」

言われたとおり、花音はまっすぐ上から咥え込んだ。小さな口で、一生懸命顔を上下させている。

「佐々山さん、教えるのじょうずだね。ベテランさんみたい」

美鈴が皮肉たっぷりに言うと、さすがに素直に喜べない桃香は、ミステリアスな顔に複雑な笑みを浮かべた。

「ねえ、そろそろ、いい？」

花音が湿っぽい口調でつぶやいた。性行為を求める女性の口調は、成人でも小学生でも変わらないのかと思った。

クルーザーの中では、あのあと美鈴とセックスし、花音だけお預けだったのだ。

花音は細い片脚をひょいと上げ、省吾を跨いだ。桃香は上半身を逸らして避ける。

「あたしが、オチ×チンを持っててあげる」

「あんっ、いい。あたしがやるの」

花音が下を向き、ペニスをかなり乱暴につかんで立てた。

「んあっ、あああっ……！」

ペニスが膣に入っていくと、花音は顎を出して目を閉じた。

「ねえ、省吾、お顔に跨ってもいい？」

美鈴が省吾に顔を近づけて言った。そうして桃香に向き直った。

「佐々山さん、このセーラー服、ほんとに汚してもいいの？」

「いいよ。なに企《たくら》んでるのか知らないけど。んふふ」

「省吾、前にやってもらったこと、またしてほしいの……」

なんだろう？　だが訊く前に、美鈴も省吾の顔に跨ってきた。

クンニリングスなら、下半身だけでも脱ぐだろうに、顔の上を大きく跨いできた美鈴は、黒いストッキングもグレーに透かし見える白いパンツもそのままだった。

しかも、ペニスを囲む二人の少女たちから背中を向けている。

「……なにをするんだ？」

上半身の重みを生かした花音のピストンは激しさを増していた。

「こないだ、お風呂でしてもらったこと、またしてほしい……」

セーラー服で見下ろす美鈴を見ながら、理解するのに数秒を要した。

「このまま、おしっ——」

美鈴が人差し指を口に立てたので続けられなかった。

セーラー服のスカートをめくり気味にして、美鈴がニンマリと笑っている。

「ああんっ、省吾さんのが、下からツキツキしてくるっ！」

花音の高い声が聞こえた。射精の予感が走る。

「あん、あたしだけ遊べなくてつまんない！　伊藤さんのおっぱい、いじめちゃお」

ふいに乳首を舐められる感触が走り、ぞわっと鳥肌が立った。

猫のようなザラついた舌で乳首を強く舐められ、射精の痙攣反射が起きた。

同時に、パンツと黒ストッキング越しに、美鈴の熱いおしっこが口にあふれた。

「んんっ……省吾、漏らさないで、ちゃんとお口で受け止めてね！」

「んああっ！　省吾さんの熱いのが、またっ、来てるっ！」

「ええっ!?　伊藤さん、石城さんのおしっこ、飲んでるの!?」

射精の瞬間、少女たちのカオスな叫び声が乱れ飛んだ。

◉新人作品**大募集**◉

マドンナメイト編集部では、意欲あふれる新人作品を常時募集しております。採用された作品は、本人通知のうえ当文庫より出版されることになります。

【応募要項】 未発表作品に限る。四〇〇字詰原稿用紙換算で三〇〇枚以上四〇〇枚以内。必ず梗概をお書き添えのうえ、名前・住所・電話番号を明記してお送り下さい。なお、採否にかかわらず原稿は返却いたしません。また、電話でのお問い合せはご遠慮下さい。

【送付先】 〒一〇一‐八四〇五 東京都千代田区神田三崎町二‐一八‐一一 マドンナ社編集部 新人作品募集係

おねだりブルマ《おねだりぶるま》 美少女ハーレム撮影会《びしょうじょはーれむさつえいかい》

二〇二二年 四 月 十 日 初版発行

著者◉浦路直彦【うらじ・なおひこ】

発行◉マドンナ社

発売◉二見書房

東京都千代田区神田三崎町二‐一八‐一一
電話 〇三‐三五一五‐二三一一(代表)
郵便振替 〇〇一七〇‐四‐二六三九

印刷◉株式会社堀内印刷所 製本◉株式会社村上製本所 落丁・乱丁本はお取替えいたします。定価は、カバーに表示してあります。

ISBN978-4-576-22039-0 ◉Printed in Japan ◉©N.Uraji 2022

マドンナメイトが楽しめる! マドンナ社 **電子出版**(インターネット)……https://madonna.futami.co.jp/

Madonna Mate